LES JOYBOYZ

1888

Loi n°49-956 du 16 juillet 1949 sur les publications destinées
à la jeunesse, modifiée par la loi n°2011-525 du 17 mai 2011.

Édition : BoD – Books on Demand, info@bod.fr
Impression : BoD – Books on Demand, In de Tarpen 42, Norderstedt
(Allemagne)
Impression à la demande
Copyright © 2023 Yohan Makaya
Dépôt légal : Octobre 2023
Tous droits réservés.
ISBN : 978-2-3224-8371-6

Sommaire

- **Arc I : DEPARTURE**

Chapitre 1 – L'autre
Chapitre 2 – Le couturier du futur
Chapitre 3 – Scornfull city
Chapitre 4 – Sengo VS Georgie
Chapitre 5 – La société secrète
Chapitre 6 – L'amour selon Cruz
Chapitre 7 – Sex penalty
Chapitre 8 – Les richesses de Siz

- **Arc II : Les aventures de Joseph**

Chapitre 9 – Guerre secrète
Chapitre 10 – The Chainbreaker
Chapitre 11 – Les pantins de Scornfull city

- **Arc III : FOREST WAR**

Chapitre 12 – L'aventurier d'or & d'argent
Chapitre 13 – Bly-Wolf souvenirs
Chapitre 14 – L'étrange kanda de Xi
Chapitre 15 – Brotherhood
Chapitre 16 – Kill me with love

- **Arc IV : L'EXPANSION DU MONDE CONNU**

Chapitre 17 – L'inframonde
Chapitre 18 – Billions of years ago
Chapitre 19 – Les voyageurs temporels
Chapitre 20 – Sengo le héros

« Ce livre est une fiction, cachant dans son prisme une infinité d'autres possibilités de fictions. . . »

PROLOGUE D'UN GRAND VOYAGE

« N'avez-vous jamais été curieux de savoir ce qui se trouve par-delà la réalité que vous connaissez ? Cette réalité établie et inchangée par des lois millénaires, moi Sengo, je souhaite me rendre là où se trouvent les réponses à mes questions. Avant même que tu m'apprennes à lire et écrire, avant même de savoir ce qu'était le ciel et la terre. J'avais ce sentiment que quelque chose m'attendait, quelque chose de grand.

Je suis libre à présent, ma vie d'esclave a été une prison pour mon rêve, mais je ne m'en suis jamais détourné. Je n'ai qu'une seule envie à présent, découvrir ce pourquoi je suis venu au monde. Je suis peut-être fou, à penser qu'il y a un moyen de découvrir les mystères de la vie et de l'univers. Il serait plus simple de croire en un Dieu, mais quand bien même il en existerait un, alors je veux le rencontrer.

Vois cette lettre comme une promesse. Je reviendrai avec les réponses auxquelles l'Homme n'a jamais eu accès.

Sengo, ton élève rêveur. »

CHAPITRE 1

L'autre

« J'ai rétabli la vérité, l'origine de la vie elle-même n'a plus de secrets pour moi, ma quête fût sans pareil et mes sacrifices si nombreux. Tout ça pour me retrouver là devant toi. Toi qui as tant, mais qui nous as donné si peu. Toi qui nous as laissés là sans rien. »

JOUR 1
13 mai 1888,
São Paulo, Brésil.

Un représentant d'état était venu nous annoncer à moi et mes confrères que nous étions désormais libres, libres et indépendants dans un monde qui nous était hostile, à nous les hommes et femmes de couleur. La « Loi d'or », signée par la princesse *Isabelle du Brésil*, avait sonné comme la fin d'une ère pour certains. Les plus vifs d'esprits savaient eux, que cette délivrance n'était que le début d'un autre calvaire...

Nos anciens bourreaux avaient perdu leur main-d'œuvre gracieuse. Plusieurs de mes confrères ne sachant quoi faire ni où aller décidèrent même de rester chez leurs anciens maitres en tant que « travailleurs libres ». Pour moi, ce n'était rien de tout cela, j'avais mes objectifs et le glas de cette signature avait retenti en moi, comme le début de la concrétisation de mon rêve.

Il me fallait des informations et des vivres pour commencer mon aventure. Je partis en direction de São Paulo comme beaucoup des miens, la ville était grande et commençait à s'industrialiser. Nos oppresseurs avaient massivement besoin de mains pour faire fleurir davantage leur Cité de la bruine*. Ce qui en fit un lieu de renouveau pour nous autres qui travaillions jusqu'alors uniquement de nos mains, dans les mines et les champs. L'heure était à la fête, dans chaque coin de rue, mes confrères jouissaient de leur liberté.

Un vieillard remerciant avec fougue le Tout-Puissant qui, hier encore, l'avait laissé pour esclave allant même s'agenouiller, jusqu'à ce que son front s'enfonce dans le sol. Les enfants, courant innocemment, quelques femmes et hommes se touchant. Tandis que d'autres chantaient, le peu de chants traditionnels qu'ils avaient encore en mémoire. Dansant par la même occasion des danses de chez nous.

Il y avait même des quilombos* de différentes communautés, tous s'adonnèrent à toutes sortes de festivités. Mais nous restions tout de même discrets, nos oppresseurs voyaient tout, il n'était pas question de faire du grabuge. Nos chaines étaient brisées, mais nous n'étions pas acceptés pour autant. Je ne pris pas part aux festivités, ce que j'avais en tête était trop important pour festoyer cette soi-disant liberté.

Mes recherches avaient débuté malgré l'agitation, ne sachant ni par où ni par quoi commencer. Je n'avais aucun repère en ces lieux et personne à qui m'adresser. Uniquement ma volonté et quelques pièces, données par Nell plus tôt dans la journée avec un

« Bonne chance ! » en guise d'ultime adieu.

Ce bon vieux Nell, il fut ma seule attache pendant bien des années.

Il y a 5 ans, il m'avait surpris un jour à l'arrière de la grange, en train d'essayer de lire un livre que j'avais volé dans la bibliothèque de monsieur Davidson, mon ancien maitre et père de Nell.

Ni mépris ni menace dans le regard de Nell. Mais de la stupéfaction en me voyant assis là, avec le livre posé proprement sur un tronc creux. Tournant les pages avec délicatesse et soins, pour ne pas les salir avec mes mains souillées par l'ardeur de la tâche. Je n'avais jamais eu aussi peur pour ma vie, me faire amputer en guise de punition ou pire encore tuer fut la première chose qui me vint à l'esprit. Mourir pour un simple livre, mourir par simple curiosité, voilà à quoi s'en tenait ma vie d'esclave.

J'avais même à ce moment songé à tuer Nell pour éviter le pire. Mais fort heureusement, il était d'une grande bonté, tout l'inverse de son père et ses sœurs. La vue d'un jeune homme nègre, prêtant attention à la littérature, suscita chez lui de l'admiration. En plus de garder le secret quant à mes emprunts de livres, il m'apprit à lire et écrire. Il m'enseigna en cachette l'astronomie et des dizaines de notions de physique, ainsi qu'une flopée d'autres éléments de connaissances et de cultures, dont je n'aurais indubitablement jamais besoin. Mais j'adorais cela, tout était si nouveau et si fascinant, ses explications étaient parfois longues mais, jamais assez ennuyantes pour s'en lasser ou les ajournées. « Great teacher » était le surnom que je lui avais donné. Je me sentais si bien dans le savoir et l'apprentissage, m'évader ainsi était un privilège que mes confrères eux n'avaient pas.

— Yey boy ! Je m'appelle Cruz, je crois bien qu'on est dans la même situation, tu t'appelles comment toi ?

Une voix confiante et amicale vint m'extirper de mes pensées, alors que j'avais encore en tête l'image du Great teacher dessinant un schéma. Il était nègre, jeune et avait l'air seul tout comme moi, lui répondre que nous n'étions pas dans la même situation aurait été de mauvaise foi. Ses vêtements étaient propres et ses mains elles, dépourvus d'usures. J'avais remarqué une brûlure sur son cou assez conséquente. C'était sûrement un nègre de maison, je poursuivis la conversation avec une once de méfiance.

— Je suis Sengo, juste Sengo.
— T'es pas bavard toi hein ? Aujourd'hui nous sommes libres, tu devrais faire la fête non ?
— Je devrais oui, mais si comme moi tu ne déambules pas dans les rues en chantant, c'est que tu as mieux à faire, n'est-ce pas ?

Cruz poussa un petit rire ironique, me faisant comprendre que j'avais été perspicace. En apparence, en tant qu'inconnu, il devait établir une relation de confiance et ne pouvait donc éviter le sujet. Au risque de devoir mentir ou paraître louche.

Mais mon interlocuteur était lui aussi très perspicace et avait tilté la situation, il avait certes abordé la conversation, mais avait perdu la main le premier. Cruz choisit donc la meilleure option, et me répondit sans détour.

— Dans le mille Sengo ! Il faut que j'aille à Scornfull City, c'est à trois jours d'ici. Tu te doutes bien que je n'ai pas d'argent pour acheter des vivres. C'est là que tu interviens, il y a suffisamment de nourritures dans l'entrepôt du Red Zeff pour en voler, sans que ceux qui y travaillent ne le remarquent. Mais pour ça, il faut impérativement être deux je t'expliquerai mon plan si tu en es.
— Qu'est-ce tu dois faire à Scornfull City ? Cette ville n'a pas une très bonne réputation, malgré les opportunités qui s'y trouvent.
— Je vais te répondre Sengo, mais seulement si tu me dis ce qui t'empêche toi de faire la fête ?

Cruz était malin, après avoir vu qu'il avait piqué mon attention, il me retourna la question. L'une des raisons pour lesquelles j'étais venu à São Paulo, était justement pour trouver des vivres. Je me retrouvai alors dans la même situation que Cruz, forcé de dévoiler mon objectif qui à l'oral sonnait comme du foutage de gueule.

— Je veux m'entretenir avec Dieu, j'ai des questions à lui poser.
— Rien que ça Sengo...
— Ça peut paraître absurde Cruz mais c'est la vérité vraie.
— Le plus simple ne serait pas de mourir ? Ou aller à l'Église...
— Non Cruz, pour moi il n'y a pas d'au-delà, je dois le faire avant que ma vie prenne fin, sinon je n'aurais jamais mes réponses.
— Je vois le genre, bon comme promis je vais te dire pourquoi je dois me rendre à Scornfull City. Les gens racontent qu'un homme s'y trouve, on l'appelle « L'Homme qui sait tout » ou bien souvent « l'Ermite », je veux le rencontrer.
— Un tel Homme peut exister ?

— Surpris ? Eh bien d'après les rumeurs qui circulent, il aurait un étrange pouvoir, qui lui a laissé en mémoire tout le savoir de l'humanité. On dit même de lui que c'est un Dieu, ou plus exactement l'avatar de son savoir.

Je savais qu'il ne fallait pas se fier à ce genre de rumeur, mais en écoutant Cruz mes yeux s'étaient mis à scintiller. Le monde est si vaste et les choses à en découvrir légion, je me dis alors :

« Et si c'était vrai, et si cet homme pouvait réellement m'apporter des réponses ».

Je n'avais que cette piste à suivre et ma rencontre avec Cruz, n'était aucunement le fruit du hasard. Le mieux à faire était de l'accompagner à Scornfull City pour trouver cet homme, je lui répondis sèchement :

« Ton plan, je veux en être. »

Le bruit d'un prestigieux cortège sur la grande avenue vint interrompre notre conversation, c'était à en couper le souffle. Une quinzaine de guerriers composaient ce cortège, tout plein d'éclats et de grâces. Massues, fusils, revolvers et même un katana je puis voir toutes sortes d'armes, qui à première vue étaient de très bonne qualité. Toute cette artillerie brillait à en aveugler, les rayons du Soleil y étaient pour quelque chose certes, mais pas sans les bijoux qui ornaient leurs armes. Les chevaux étaient des pur-sang arabes, une espèce aussi rare que majestueuse, tous vêtus avec majesté également.

Mais le plus impressionnant dans tout cela, c'était cet homme qui avançait à l'avant, avec un étalon plus robuste que les autres. Il était brun, avait les cheveux courts et les yeux d'un marron clair, à la limite du translucide. Ne possédant pas d'armes à feu, mais une longue épée avec sur son fourreau des motifs complexes. Je me demandai comment une telle arme pouvait être maniée, elle semblait par sa taille extrêmement lourde. De toute évidence c'était lui le chef, il dégageait une aura de bête sauvage et un charisme à en devenir même pesant.

— Sengo, tu penses que les fers sur les sabots de ce cheval valent plus que les pièces avec lesquelles nous avions été troqués ?

Cruz me sortit de mon extase avec une tape sur l'épaule, en faisant une blague qui aurait pu être de très mauvais goût.

— Probablement, ils brillent même couverts de boue alors, oui probablement. Mais dis-moi plutôt, tu sais qui sont ces types ? Je doute qu'ils fassent partie de l'armée vu leurs tenues, quoiqu'avec les impôts que l'État perçoit. . .
— Je vois, il va falloir que je te fasse un cours par rapport à ça.
— Je t'écoute professeur Cruz.
— Ces guerriers viennent du Portugal, mais agissent et s'étendent depuis quelques années partout au Brésil, personne ne sait pourquoi ils s'intéressent à ce pays particulièrement. Ils disposent de ressources quasi illimitées grâce à la richissime famille Gates.
— Mon professeur m'avait parlé de cette secte brièvement, où veux-tu en venir ?
— Cette secte se nomme les Précepteurs, le cortège que tu viens de voir est celui du célèbre futur héritier, Joseph Gates.
— Un membre de cette famille était parmi eux ?
— Oui et ça ne pouvait être que le brun à l'avant du cortège, Joseph est un monstre d'athlétisme, d'escrime et dans toutes les disciplines sportives connues, du moins de ce que l'on raconte de lui. Personne ne peut l'avoir dans un combat à l'épée. Mais bon tout ça ce ne sont sûrement que des rumeurs.

— Vu la prestance qui émane de lui, je pense qu'il y a du vrai dans toutes ces rumeurs. Tu as l'air d'en savoir beaucoup Cruz, où as-tu eux toutes ces informations ?
— Une information est faite pour circuler Sengo, allons plutôt chercher cette nourriture, suis-moi je vais te montrer.

Cruz n'avait pas vraiment de plan finalement, mais qu'il s'agit des horaires, de la garde ou des locaux il connaissait tout du Red Zeff. Et pour cause, il y était esclave de cuisine. À peine affranchit, vouloir pénétrer dans la réserve de son ancien maitre pour voler des provisions c'était plutôt osé. J'en conclus qu'il ne portait pas le restaurant dans son cœur, mais cela justifiait-il d'avoir recours au vol ?

CHAPITRE 2

Le couturier du futur

Le Red Zeff était un immense restaurant de renommée nationale avec un certain prestige, sans pour autant être inaccessible. Différentes classes d'habitants y mangeaient par centaines chaque jour. S'introduire dans la réserve et en ressortir n'avait pas été bien difficile, le vol dura seulement une dizaine de minutes. La nourriture était de premier choix, et très bien conservée. Cruz avait prévu depuis le début de voler les mets les plus fins, que consommaient les clients fortunés.

Nous avions même un surplus de viande que nous échangeâmes à des marchands contre une carte, une boussole et des vêtements. Chez un couturier pour le moins original. Cet homme faisait dans son petit atelier des vêtements et des chaussures, d'un style jamais vu encore auparavant.

Cruz avait opté pour un haut à l'allure très singulière, le couturier avait nommé cela « un hoodie ». Il était fait de coton et possédait au niveau des épaules, un surplus de tissus de forme creuse, destiné à être mis sur la tête. Mon nouveau compagnon de voyage choisit un hoodie de couleur orange, des chaussures blanches, ainsi qu'un pantalon noir.

J'étais intrigué par l'une de ses créations, c'était un haut noir, avec un col rond fermé et des manches courtes, le couturier avait nommé cela « t-shirt ». Je me vêtis d'un de ses t-shirts, avec un pantalon noir et des souliers blancs.

— On dirait que je suis bien tombé, avec toi comme guide je ne me perdrais pas.

J'avais appris grâce au Great teacher, à utiliser une boussole et une carte pour m'orienter, une compétence que Cruz me fit remarquer.

— Tu sais Cruz, ce n'est pas si compliqué, aller d'un point à un autre en utilisant une boussole est ce qu'il y a de plus simple. Tu devrais apprendre Cruz, notre situation n'est en rien une excuse à l'ignorance.

— Dans ce cas sur le chemin j'apprendrais en te regardant faire. Dans quelle direction allons-nous navigateur ?
— Je trouve ton humour de plus en plus nul Cruz. C'est vers le Nord-ouest, nous sommes équipés alors allons-y.

La route qui mène à Scornfull city était loin d'être la meilleure, c'était même une route que les voyageurs souhaitaient éviter. Il n'était pas rare de s'y perdre, se faire agresser, ou même d'y trouver la mort de cause naturelle.

Aussi l'on raconte qu'une communauté de quilombos* recherchée pour cannibalisme, vivait aux abords de cette route infâme. Cruz et moi n'étions pas vraiment rassurés, car la nuit était sur le point de tomber. Nous avions mis beaucoup trop de temps à préparer notre voyage, il aurait été plus judicieux d'attendre le lendemain. Mais rester dans la ville après avoir pillé le Red Zeff, n'était pas non plus une bonne option.

Il fallait avancer.

Après avoir marché quelques kilomètres, nous entendîmes un cri au loin, c'était celui d'une femme. Cruz se précipita dans la direction d'où provenait le cri, franchissant chaque obstacle avec facilité. En quelques secondes, nous avions cavalé presque plus de cent mètres et la scène à laquelle j'assistai me laissa sans voix. . .

Deux quilombos* étaient en train de déshabiller une jeune femme blanche, j'avais d'abord pensé au viol, mais c'était peut-être du cannibalisme. Dans les deux cas, cette femme avait clairement besoin d'aide, ses vêtements étaient quasiment déchirés et ses agresseurs armés tous deux de gourdin. Cela dit, ce n'était pas notre problème et je le fis savoir à Cruz.

— Nous ne sommes pas encore repérés, ils ne nous voient pas dans ce buisson, il faut rebrousser chemin.
— Hors de question de partir comme ça, sa vie est en danger !

— Calme-toi Cruz, si on intervient, on risque de se faire tuer pour sauver une oppresseuse, retournons sur nos pas !
— Peu importe qu'elle soit blanche ou nègre, le son de sa voix sonne pareil pour moi !

Pendant que nous débâtions, un des deux quilombos* donna un coup de poing sur la tempe de la jeune femme en lui hurlant de se tenir. Elle était couverte de sang, mais étonnamment je ne vis aucune larme.

Il y avait une épée et un sac à quelques pas de la scène, sûrement les affaires de la jeune femme. Cruz l'avait remarqué aussi et sans plus attendre, il se saisit de l'épée et transperça le cœur d'un des quilombos. Un détail m'interpela lorsqu'il avait sorti l'épée de son fourreau, elle brillait beaucoup trop, dans cette clairière où le feuillage masquait le soleil, cela n'aurait pas dû être possible.

Cruz parvint à faire cette prouesse grâce à l'effet de surprise, mais l'épée était restée plantée dans la chair du quilombo. Désormais, c'était Cruz désarmé face au deuxième quilombo qui lâcha les cheveux de la jeune femme, pour se saisir de son gourdin.

Quant à moi je n'étais pas encore repéré, mais je ne voulais plus fuir la confrontation à présent, je fis le tour discrètement pour arriver auprès de la jeune femme. Cruz était en train d'éviter du mieux qu'il pouvait les coups du quilombo, tout en s'éloignant de l'épée qu'il n'a pu reprendre.

Il avait vu clair dans ma stratégie, mais le sol n'était pas plat, Cruz pouvait trébucher à n'importe quel moment et ça serait la fin pour lui. Après avoir retiré l'épée ensanglanter du corps du quilombo, je l'ai lancé à Cruz me faisant repérer par la même occasion. Cruz qui entre-temps était revenu près de moi, avait l'épée et moi le gourdin du quilombo mort. Nous nous dressâmes alors face à l'ennemie avec la ferme volonté de vivre, le quilombo s'était arrêté net depuis que Cruz m'avait rejoint. La situation était tendue, mais cela avait offert un peu de répit, et donc l'occasion de communiqué.

— C'est l'heure de s'battre Sengo !
— La femme m'importe peu, mais pas moyen que je te laisse crever ici, j'ai encore besoin de toi. Chacun de ses coups sont très violents, je doute qu'on puisse en encaisser ne serait-ce qu'un seul.
— Il est grand et massif, mais se déplace vite, si on l'attaque de front même en le plantant il aura le temps de nous mettre un coup lui aussi.
— Tu as raison Cruz c'est beaucoup trop risqué, il faut trouver le moyen de l'avoir de dos sinon l'un de nous risque d'y passer.

Dans un élan de rage le quilombo attaqua en beuglant, pour éviter son coup Cruz prit la gauche et moi la droite. Je m'élançai pour contre-attaquer avec un coup de gourdin, Cruz lui s'apprêtait à le planter. Mais le quilombo donna un coup net, rapide et puissant qui envoya valser Cruz très loin.

Il avait été comme soufflé par la puissance mise dans le coup du quilombo, mais avait réussi à parer du mieux qu'il put le choc avec le plat de l'épée et son avant-bras derrière. Ce court laps de temps m'avait donné une ouverture, pour asséner un violent coup de gourdin sournois et opportuniste, sur le crâne du quilombo. Le quilombo rampait au sol en gémissant complètement défiguré. Dans toute cette flaque de sang, je vis nager l'œil qu'il avait perdu. La confrontation dura moins d'une minute.

— Tu l'as eu Sengo ! dit Cruz, en hurlant.

Il était très étourdi et blessé au bras, mais arriva à se relever sans trop de mal. Le quilombo n'était pas mort, mais ne risquait plus de s'en prendre à nous vu son état. Sans dire un mot, la jeune femme se leva et reprit son épée des mains de Cruz, elle décapita le quilombo d'un seul geste, lui donnant ainsi le coup de grâce. Je gardai mon calme face à toute cette rare violence.

— Oh putain ! cria Cruz en grimaçant, choqué par la cruauté de la jeune femme.
— Qui es-tu et que faisais-tu toute seule sur cette route ? demandais-je à la jeune femme.
— Je suis Kira une simple servante, on m'a donné pour mission d'apporter cette épée à un riche collectionneur états-unien, vivant à Scornfull City. Ces hommes me sont tombés dessus par surprise, je vous remercie infiniment de m'avoir secouru. J'aurais pu être violée ou tuée sans votre aide, Dieu seul sait ce qu'ils auraient fait de ma dépouille, merci encore.
— Sache Kira que je ne comptais pas te sauver, c'est Cruz qu'il faut remercier.
— Un gouffre d'honnêteté ce Sengo. On a la même destination, alors faisons le chemin ensemble, ça te dit Kira ? répondit Cruz, avec un ton humoristique.

Il n'arrivait cependant pas à masquer sa peur devant la lame ensanglantée de Kira.

— J'en serais très honoré je prenais justement un raccourci, suivez-moi et nous serons dès demain soir à Scornfull city. répondit Kira.

Chaque jour, à chaque instant, nos vies peuvent s'arrêter à tout moment. Ce duel à mort avec les quilombos me le rappela.

Peut-être avaient-ils des gens qui les attendaient, des choses qu'ils voulaient découvrir, ou tout simplement des envies. Chaque individu est unique, son histoire, sa personnalité, ses rêves, ses goûts et bien plus encore, ses convictions. Kira et Cruz avaient annihilé tout ça en leur ôtant la vie. La mort est tellement injuste, mais elle régule notre temps, car comment vivrions-nous si le temps ne nous était pas compté ?

CHAPITRE 3

Scornfull city

JOUR 2
14 mai 1888,
Scornfull city, Brésil.

Kira avait tenu parole, nous arrivâmes à Scornfull city au crépuscule du jour suivant. L'atmosphère que dégageait la ville était unique, comme si le temps ne s'y écoulait pas, comme si la ville avait toujours été là. Un vieil homme très singulier à la présence de fétiche était posté à l'entrée de la ville. On aurait dit qu'il attendait quelqu'un. Il était aveugle, très aminci et affichait un large sourire, loin d'être rassurant. Il gardait ses yeux ouverts, laissant paraitre son globe oculaire blanc et vide de vie.

— Bienvenue à Scornfull city, restez aussi longtemps qu'il le faut, nous en avons tous du temps, beaucoup plus qu'on ne le croit. dit le vieil homme, d'une voix fébrile et malveillante.

Devant cet accueil macabre, Cruz retourna les salutations avec naïveté, Kira ne dit pas un seul mot et se contenta d'avancer, j'en fis de même.

Après l'entrée de la ville franchie, la première chose qui m'interpela était l'ambiance. Elle était à la fois reposante et animée. De la musique s'entendait partout, toutes sortes de sonorités que je n'avais jusqu'alors jamais entendues, nous accompagnâmes dans la découverte des rues.

Il n'y avait pas de pauvreté apparente, bien au contraire, la ville semblait prospère, pleine d'opportunités et propre à première vue. Mais quelque chose que je ne pouvais expliquer me dérangeait, je n'aimais pas ça.

— J'ai remarqué qu'il y a énormément d'étrangers ici. Depuis que nous avons commencé à marcher, j'ai entendu plusieurs langues que je ne reconnais même pas. Et aucun, je dis bien qu'aucun oppresseur ne nous a regardé avec mépris Sengo et moi. dit Cruz, en scrutant un coin de rue où un marchand vendait des légumes et des fruits.

Ce que Cruz releva était vrai et loin d'être anodin, c'était comme si cette ville n'avait pas connu l'esclavage, comme s'ils acceptaient la diversité. J'y trouvai encore plus de charme en cette ville, mais c'était beaucoup trop étrange, je n'aimais pas ça encore une fois.

— Scornfull city n'obéit qu'à une règle et ne vénère qu'un Dieu, l'argent. La norme n'existe pas ici, qu'une personne soit étrangère, d'un autre bord, grosse, nègre, femme, religieux ou non, cela ne change rien ici. Dans cette ville chacun est libre d'être ce qu'il est, sans pour autant avoir l'air déviant. La norme à Scornfull city est différente, car ici la règle est qu'il n'y en a pas. Juste des personnes utiles ou non, on dit même que sur Terre, il n'y a pas un endroit plus tolérant que Scornfull city, toutes sortes de parias de la société se réunissent ici, sous le nom d'une seule bannière, l'argent. répondit Kira, en avançant fièrement à l'avant telle la guide qu'elle était.

Une ville où on n'est pas jugé pour ce que l'on est, c'était bien trop utopique. Il me fallait une vraie preuve pour y croire. Cruz n'avait rien répondu, mais avait l'air tout aussi sceptique que moi. Nous, ne pouvions juste pas croire en cela.

— En fait, c'est un grand rassemblement de gens bizarres, cette ville m'intrigue de plus en plus. disais-je, avec un large sourire sans comprendre pourquoi...

La nuit tomba, manger n'était pas un problème, mais il nous fallait désormais un toit. À force de marcher dans les rues, je remarquai un changement d'ambiance, au fur et à mesure que le soleil s'éclipsait. Les routes de Scornfull city étaient devenues très glauques, c'était à en faire peur. Les habitants, qui jusqu'alors avaient l'air bienveillants, avaient été troqués contre des individus aux regards macabres et envieux. Je compris alors que tout ce que nous avions vu jusqu'ici n'était qu'une façade.

Le cycle jour et nuit laissait-il donc parler tantôt le crime, ainsi que la détresse des pauvres et des miséreux ?

Drogue, prostitution, coups de feu, la ville entière se transforma. Même l'esclavage censé être aboli sévissait dans les rues, des riches s'accordaient les services de mes confrères à prix plus onéreux le temps d'une nuit, par pur sadisme.

Ce qui était sûr, c'est que nous n'étions pas en sécurité dehors, une auberge bon marché se trouvait juste à notre droite, nous nous arrêtâmes devant.

— Je suppose que vous n'avez pas d'argent, je vais assurer cette nuit. Après m'avoir sauvé la vie c'est la moindre des choses que je puisse faire pour vous. dit Kira, en comptant ses sous.

Honnêtement je n'en attendais pas moins et j'espérais qu'elle tiendrait ce discours, car oui elle nous était redevable. L'auberge se nommait « Chez Georgie », elle était assez piteuse et bruyante. Les murs isolaient mal les bruits et quelques prostitués, hommes comme femmes proposaient leurs prestations dans le hall. Cette auberge s'apparentait en fait plus à un bordel qu'autre chose.

Kira loua deux chambres à l'étage. Dans le couloir qui suivait l'escalier pour monter, une femme qui s'était fait battre pleurait au pied d'une porte. Un peu plus loin dans le couloir, un couple d'hommes ivres et dénudés chantait avant de se piétiner puis se foutre sur la gueule, cassant leur porte au passage.

Nos chambres étaient au fond côte à côte, Kira dormait seule dans la sienne tandis que Cruz et moi prîmes l'autre. Mes draps étaient souillés et ceux de Cruz inexistants. Mais il n'en avait pas grand-chose à faire, moi non plus d'ailleurs, car malgré le dégout et l'odeur très corporelle de mes draps, j'étais bien trop fatigué pour rechigner.

En quelques minutes, Cruz s'était assoupi et alors que mon tour était venu, un coup de feu retentit, me sortant de mon lit en sursaut.

C'était bien trop proche, de stupeur et d'instinct, je pensai directement à Kira qui était restée seule. Je sortis immédiatement de la chambre et à mon étonnement, Kira était sortie elle aussi avec son épée. Sans échanger un mot, mais des regards, nous avançâmes dans le couloir en direction d'où provenait le tir. . .

Le danger pouvait surgir de n'importe quelle chambre et la mort qui s'ensuit également. Plus aucun tapage ou cri de plaisir ne se firent entendre dans l'auberge. Les lieux semblaient vides et pourtant, il y avait encore forcément des résidents, qui visiblement s'étaient tus après le coup de feu. Le sol du couloir ébruitait chacun de nos pas, avancer devenait de plus en plus apeurant.

Soudain, un cri suivi d'un tir se fit entendre. Cela provenait de la chambre, juste à côté des escaliers donnant sur le hall. Kira fut la première à accourir à la rescousse. Nous ouvrîmes prudemment la porte de la chambre, qui portait le numéro 666.

À ma non-surprise, c'était à la rescousse d'une fille de joie que nous étions allés. Deux corps partiellement dénudés étaient étalés sur le sol, l'un avec les tripes dehors, l'autre avec la tête éparpillée un peu partout dans la pièce. Des insectes et quelques rats ne s'étaient pas fait prier pour s'inviter.

C'était Georgie le maître des lieux qui faisait des siennes. Il était très grand et avait une pilosité qu'il exhibait fièrement, avec son torse à l'air. Ses cheveux étaient inexistants et son visage laissé au dépourvu de l'abîme et la crasse.

Une jeune fille était recroquevillée à deux pas de Georgie. Elle se présentait brune, avait des yeux étrangement roses et de fantastiques formes. Cette jeune fille gisant au sol était tout bonnement d'une rare beauté, même sans arborer un sourire, elle m'inspirait douceur et amour.

Cette femelle était propice à la reproduction. . .

Pendant que je fantasmais sur la fille de joie, Georgie braqua son fusil dans notre direction avant de tirer.

— Sengo baisse-toi ! s'exclama Kira.

Elle me sauva la mise, en me bousculant violemment derrière le lit. La balle avait détruit le chevet. Le son provoqué par son fracas fit faire faux bond à mon cœur.

— Que faites-vous là ? Vous êtes ici chez moi, dans mon auberge, alors ne me déranger pas ! gueula Georgie, si fort que même Cruz ne pouvait plus prétendre dormir.

Le proxénète tira une deuxième fois après avoir fini de parler, le lit nous protégea, mais ça n'allait pas être le cas longtemps. Georgie était complètement soûl, Kira et moi avions compris que notre héroïsme avait fait de nous des proies, j'avais déjà des regrets de me retrouver, courbé et tremblotant derrière le lit. Je guettai prudemment avant de me rassoir avec panique, car Georgie avançait vers nous pour nous cueillir.

— Sengo ! C'est l'heure de mourir mon chéri et toi Kira, tu es bien jolie ma petite blonde. Ne voudrais-tu pas remplacer ces deux catins ? Ce sont des filles comme toi dont mes clients raffolent ! dit Georgie, en chargeant son fusil.

Le proxénète prit une démarche dansante en donnant le ton sur des paroles, qui allaient peut-être devenir notre requiem. . .

CHAPITRE 4

Sengo VS Georgie

Sueur, palpitations, battements des cils répétés, souffle instable. Tous les signes de stress étaient visibles en moi et s'intensifiaient à mesure que Georgie se rapprochait.

Cependant mon état d'esprit ne suivait pas mon corps, je restai malgré tout d'un effroyable sang-froid. En pensant à mon rêve et ma promesse envers Nell, je me convaincu que je ne pouvais mourir ici.

— Il faut frapper les premiers, tu as ton épée et à mains nues je n'aurais aucun mal à le mater. Individuellement on peut s'en sortir tous les deux Kira.
— Individuellement ? Qu'est-ce que tu veux dire Sengo ?
— C'est simple, si on reste là il va nous avoir tous les deux. Alors on va sortir chacun d'un côté au même moment, c'est la seule solution pour l'avoir, il ne pourra pas tirer sur deux cibles en même temps.
— Un de nous deux y restera Sengo !
— Tu préfères qu'on y reste tous les deux ?
— J'euh...
— On est pris au piège, tu sais qu'il n'y a pas d'autres solutions ! Un, deux, trois... Go !

J'étais parti à quatre, laissant Kira sortir sa tête la première, cette petite stratégie avait pour seul but de me permettre à moi de survivre. Kira aurait dû savoir après le combat contre les quilombos* que je n'étais pas du genre à jouer aux héros comme Cruz.

Georgie tira sur Kira.

En un éclair, j'assainis un coup de pied sur la tempe de Georgie avant de le désarmer. La frappe lui fît perdre l'équilibre, Georgie s'empressa de prendre la porte en chahutant, me laissant un répit pour m'occuper des deux blessés.

La jeune fille de joie était déjà auprès de Kira, qui avait subi ma lâcheté à coup de plomb. Elle n'avait rien étonnement, la balle avait troué sa robe, mais il n'y avait pas de sang. Je déchirai sa robe, non pas pour m'assurer qu'elle va bien, mais me donner une explication.

Kira avait en fait sous sa robe une armure légère faite d'un étrange métal aussi brillant que celui de son épée.

— Qui es-tu réellement Kira ? disais-je.

Nous nous regardions droit dans les yeux en silence avant d'entendre Georgie qui hurlait depuis la rue en face de l'auberge.

— IL Y A DES INTRUS CHEZ MOI ! JENNY MARY TUES LES ET APPORTE-MOI LEURS TÊTES MAINTENANT !

Nous devions bouger et vite, la fille de joie savait sûrement comment sortir d'ici plus discrètement.

— Tu t'appelles comment ? demandais-je.

Elle était si belle, il y avait de la timidité dans ma voix au moment de lui parler.

— Mon prénom est Ellie, merci de m'avoir sauvé la vie.

Ellie avait une voix bien plus douce que la douceur elle-même, on aurait dit que ses cordes vocales étaient recouvertes de miel.

— Il faut se dépêcher d'y aller, nous avons un ami dans une chambre qu'il faut chercher avant de partir d'ici. Il n'y a plus de temps à perdre, est-ce que tu sais comment sortir d'ici plus discrètement ? suivais-je.

— La seule sortie est celle d'en bas, Georgie s'en est assuré pour contrôler plus facilement ses filles et ses clients. Il est très influent à Scornfull city, bientôt toute la ville sera à notre poursuite, on ne passera pas la nuit. répondit Ellie.

— Putain, il ne manquait plus que ça ! Kira, allons réveiller Cruz, toi Ellie tu nous suis, on va survivre !

Nous nous précipitâmes dans la chambre. Cruz dormait toujours comme un bébé malgré l'agitation, ce n'était pas croyable.

— Cruz lève-toi abruti ! Il faut qu'on s'en aille d'ici et vite !
— Sengo ? Il sort d'où ce fusil ? Qu'est-ce qui se passe ? Mais c'est qui cette jolie fille derrière toi, une déesse ? Kira tu as l'air sonné, est-ce que ça va ? Mais qu'est-ce qui se passe bon sang ?!
— Tu comprendras en chemin, je t'expliquerai si on survit au chemin ! Pour l'instant il faut qu'on y aille, MAINTENANT !
— Ok, ok, laisse-moi prendre mes affaires.

Nous fonçâmes droit vers la sortie et avant même d'atteindre l'escalier, une femme sortie brusquement de sa chambre avec un couteau en main, elle tenta de planter Ellie en criant :

« ALL MUST DIE ONE DAY ! ».

Je déviai le couteau avec le canon du fusil, avant d'enchaîner avec un coup de pied circulaire propre au n'golo* sur sa figure, Cruz la repoussa ensuite avec un coup de pied sauté, l'action fut rapide, quelques secondes à peine. Nous prîmes l'escalier, avant de sortir de l'auberge, et là, c'est le drame.

Des dizaines d'habitants semblables à des fous couraient dans notre direction, certains avaient des armes, d'autres des torches, mais le plus dingue, ce fut le large sourire qu'ils affichaient tous, on aurait dit qu'ils étaient manipulés.

Nous prîmes la gauche, puis la droite, tout droit, ensuite de l'escalade. Il fallait courir, sauter, esquiver et surtout ne pas tomber, car nos ennemis ne nous laissaient pas de répit. Ils sortaient de partout, se protéger devenait de plus en plus rude. Nous n'allions pas tous survivre à la nuit de Scornfull city.

La lueur rougeâtre des torches, ces monstres toujours plus nombreux et leur détermination à nous tuer, cela tenait de l'horreur. La plupart ne savaient même pas pourquoi ils nous poursuivaient, ils étaient juste animés par une envie, « chasse à l'Homme ». Nous étions comme des lapins pris en chasse, et Scornfull city était la forêt.

— Nous n'allons pas pouvoir courir comme ça toute la nuit Sengo, il nous faut un abri et vite ! dit Cruz, complètement essoufflé.
— Oui ils sont beaucoup trop nombreux, se battre c'est l'échec assuré il faut qu'on se cache. Ellie tu connais la ville, on va où ?!
— Je. . . je ne suis jamais sorti de chez Georgie depuis que je suis arrivée ici. . . répondit Ellie à bout de souffle.

Elle fut celle qui avait le plus de mal à suivre, c'est à peine si elle avait les jambes assez robustes pour gravir tous les obstacles devant nous.

— Bon sang, la seule chose à faire est donc de partir de cette ville de ndoki*. suivis-je.

Quitter Scornfull city au risque de ne plus pouvoir revenir, c'était la seule solution pour échapper à cette purge. Nous nous étions engouffrés dans une ruelle assez sombre pour ne pas être vus et pouvoir souffler quelques secondes. Erreur, car au bout de la ruelle un homme avançait vers nous. Son visage n'était pas encore visible, cependant la lueur de la Lune rendit son ombre perceptible. Il avançait vers nous avec bien trop de sérénité, même à quatre contre un. Cruz serra les poings, Kira brandit son épée, Ellie resta derrière et quant à moi je l'avais mis en joue. . .

— (Piouf) J'ai enfin trouvé le scénario, avec toute cette pagaille ça ne pouvait être que vous. Lequel de vous est le héros principal ?

Ce jeune homme, venu à nous si spontanément, parlait d'un air familier, comme s'il nous connaissait.

— Hé ho, j'ai demandé lequel d'entre vous est le héros principal ? L'auteur n'a pas écrit la suite ou quoi ? disait l'étrange homme.

Ses cheveux étaient courts et noirs, ses yeux bridés tel un Asiatique, mais il avait une peau mate et bronzée. Cet étrange homme était vêtu d'un manteau fait avec la fourrure d'un animal au pelage blanc et des bottes faites de la même façon, avec cet accoutrement il devait mourir de chaud. Je trouvai son approche tellement sincère et pure que je baissai mon arme. Il n'était pas hostile, ça en crevait les yeux.

— De quoi tu nous parles, recule et met des vêtements plus légers, j'ai chaud juste en te regardant ! suivit Cruz.
— Je me présente je suis Kobe, j'ai passé les derniers mois à chercher le scénario et je...

Kira prit le fusil de mes mains avant de tirer une balle dans le ventre de Kobe.

— On n'a pas le temps pour ce genre de blague, il nous faut vite un abri, Sengo tient ton arme. dit Kira.

Elle me lança le fusil d'une main après avoir froidement tiré sur Kobe, il agonisa au sol en hurlant de douleur avant de rendre l'âme.

Je n'avais plus de doute sur le fait que Kira n'était pas une simple servante, après notre échange de regards dans la chambre 666. Elle avait eu la gâchette si facile pour tuer Kobe, j'étais resté impassible encore une fois, Cruz et Ellie eux non plus n'étaient pas surpris, ils en avaient vu d'autre. Ils avancèrent tous les trois, comme s'il ne s'était rien passé, je restai figé sur place, je n'avais plus confiance en Kira il me fallait en avoir le cœur net.

— Sengo tu viens ? disait Cruz, avec le corps à demi tourné vers l'avant.

— Non, je n'avancerai pas plus avec quelqu'un qui porte un masque, qui es-tu réellement Kira ?

La tension était présente, les bruits des monstres de Scornfull city se rapprochaient de plus en plus. La Lune avait éclairci la ruelle davantage, laissant la dépouille de Kobe plus visible.

— Mon véritable nom est Kira Zeudream, je suis générale des armées brésiliennes et garde du corps de la princesse *Isabelle du Brésil*. Hier dans la matinée, les Précepteurs ont assassiné la princesse *Isabelle* alors que j'étais à ses côtés. J'ai réussi à prendre la fuite en direction de Scornfull city avant de me faire surprendre par deux quilombos*, la suite vous la connaissez.

— Tu es Kira Zeudream ! La femme la plus forte du Brésil ? s'exclama Cruz.
— La secte des Précepteurs ? Pourquoi auraient-ils assassiné la princesse ? demandais-je.
— Crois-moi Sengo moins tu en sauras, moins tu seras en danger. répondit Kira.

Étrangement à ce moment, j'avais le pressentiment que les Précepteurs allaient devenir acteur de ma quête et que mon chemin et celui de ce Joseph, allaient de nouveau se croiser.

— Psst, vous là-bas, venez par ici, je vais vous aider !

Un jeune garçon nous interpela, il avait tout juste la tête sortie d'une trappe que nous n'avions jusqu'alors même pas remarquée.

La lumière des torches des monstres devenait visible, ils étaient dans la grande rue, à quelques pas seulement, faire un compromis sur la méfiance devenait de plus en plus urgent.

Toute notre petite bande s'empressa de s'engouffrer dans l'échappatoire offerte par le jeune mystérieux garçon. Ce jeune garçon était un Asiatique pour sûr, avec son accent, il devait être japonais. Il nous conduisit dans un passage étroit et sombre, où Cruz le plus grand de taille avait du mal à se faufiler.

Nous arrivâmes dans un immense espace souterrain éclairé avec des torches, disposées en long sur les parois. Le souterrain était grand, très grand. Nous étions tous surpris de savoir que Scornfull city cachait dans ses sous-sols un quartier souterrain. Où une centaine de gens y vivaient telle une communauté à part.

Les quelques maisons, ou du moins tout ce qui se rapprochait le plus d'une habitation étaient faits avec de vieilles planches récupérées. Le sol était humide et grouillait d'insectes, nous étions belles et bien sous terre, on aurait même dit chez les non-vivants. Pourtant c'était bien des humains qui peuplaient cet insalubre souterrain.

Ainsi donc la surface de Scornfull city prospère et animé, cachait sa misère dans ses tréfonds. Ce paradoxe me fit repenser aux paroles de Kira, ce quartier souterrain était sans aucun doute l'endroit où vivaient les personnes inutiles à l'essor de la ville.

— Jet ! Tu es encore allé à la surface sans ma permission !

Une jolie femme asiatique attrapa le jeune garçon pour le sermonner. Elle avait les cheveux noirs comme Jet et portait un kimono avec des traces d'usure de haut en bas.

— On meurt de faim ici, tout ce que je voulais c'était un peu de nourriture. Georgie a mis la ville sens dessus dessous, c'était le bon moment pour en voler.
— Ah oui ? Pourtant ces quatre personnes ne sont pas de la nourriture, Jet quand vas-tu m'obéir ?
— Pardonne-moi onēchan*, mais ils avaient besoin d'aide. . .

Xi et Jet étaient deux frères et sœurs vivant au jour le jour dans le souterrain de Scornfull city, visiblement ils étaient dans le besoin et je comptais en tirer parti.

— On n'a plus grand-chose, mais si vous nous aidez, on peut vous aider en retour. disais-je
— Plus grand-chose ? Vous nous êtes déjà redevable, mon petit frère vous a sauvé. répondit Xi.

Elle mit le marteau finement forgé qu'elle avait dans les mains en avant.

— C'est vrai, mais bon Xi, ce n'est pas toi et ton frère qui alliez nous empêcher de partir d'ici. disais-je, en prenant mon fusil avec hostilité également.

Kira fit de même en dégainant son épée, toujours prête à tuer celle-là.

— Doucement Sengo, ici c'est chez eux, lorsque l'on vient chez quelqu'un on le respecte lui et ses règles. dit Ellie, avec délicatesse.

Son intervention avait immédiatement calmé le jeu.

— Pardonne les Xi, mais nous ne pouvons pas sortir maintenant. Voilà ce que je te propose, le reste de notre nourriture est à vous, mais en échange, vous nous laissez passer la nuit ici. Et au lever du jour, vous nous menez jusqu'à l'Homme qui sait tout, ou l'Ermite je ne sais pas comment vous l'appelez ici. suivit Cruz.

Ellie et Cruz avaient su garder leur sang-froid au bon moment, car Xi avait accepté de nous aider.

CHAPITRE 5

La société secrète

Le souterrain était très silencieux, on aurait dit que les habitants économisaient leurs forces. Sous les regards envieux, Jet dévorait sa nourriture comme si c'était son dernier repas. Xi savourait l'esquisse des plats, tout en gardant un œil particulier sur Ellie, son regard était loin d'être désintéressé. J'avais remarqué qu'Ellie regardait aussi Xi avec passion.

JOUR 3
15 mai 1888,
Scornfull city, Brésil.

Je n'avais pas fermé l'œil de la nuit, le reste de la bande avait trouvé le sommeil très vite, malgré l'atmosphère du souterrain qui recommandait la prudence. Nous sortîmes du souterrain, non pas par l'entrée bancale que nous avions prise avec Jet, mais un escalier qui débouchait directement à la surface où tout était revenu à la normale, comme s'il ne s'était rien passé. Scornfull city avait retrouvé son calme, tout était comme lors de notre arrivée, si ce n'était mieux. Kira avait décidé de nous suivre pour je ne sais quelle raison, je n'avais que de la méfiance à son égard, Ellie aussi décida de nous accompagner, ne sachant pas où aller. Au départ deux avec Cruz, nous étions désormais six, à joindre nos pas dans un même chemin.

L'Homme qui sait tout vivait dans un petit temple isolé un peu plus loin de la ville. La route était si agréable, les oiseaux chantonnaient de douces mélodies, comme s'ils jouaient d'un instrument. L'herbe était fraiche sans pour autant humer une odeur désagréable, et de belles fleurs bordaient la route l'enjolivant de toutes leurs belles couleurs.

Une sensation de bien-être régnait.

Lorsque nous arrivâmes devant l'entrée du temple, j'entendis plusieurs personnes à l'intérieur qui semblaient être en désaccord, j'avais dissocié la voix d'une femme et celle d'un homme qui parlait d'un ton menaçant, d'instinct je fis signe aux autres de faire le tour le plus discrètement possible. Kira et moi étions restés ensemble devant l'entrée, nous entrevîmes l'intérieur du temple.

Au centre, il y avait un grand homme, et une femme faisant au moins ma taille, si ce n'est plus du mètre quatre-vingt. Avec à leurs pieds un vieil homme qui en comparaison avait l'air d'un nain. C'était forcément l'Ermite que nous cherchions et il était visiblement en danger.

La femme portait une tenue de Viking, du moins elle était habillée comme les habitants du Vinland étaient décrits dans les récits, ses cheveux étaient blonds et tressés, sa peau d'un blanc glacier.

Il fallut qu'elle se penche légèrement sur le côté pour que je puisse voir le bleu de ses yeux. Elle portait dans son dos une grande hache et en main un marteau. Ses deux armes étaient toutes deux somptueuses de détails. L'homme était Japonais, j'en étais sûr à 1000%. Le jeune asiatique était vêtu avec une armure de samouraï et un katana. Je vis aussi deux pistolets à sa ceinture.

— Mais qui sont ces gens ? Avec leurs tenues on pourrait croire qu'ils viennent d'une autre époque. disais-je, en me tournant vers Kira.
— Sengo va dire aux autres de faire demi-tour, s'ils entrent ou se font voir ils vont se faire massacrer ! C'est Bao et Frida, des assassins d'élite des Précepteurs. répondit Kira.

Kira suait pour la première fois, ces types dans le temple étaient des preux guerriers certes. Mais si proche du but ils n'allaient pas m'impressionner...

— PARLE VIEIL HOMME ! hurla Frida, en frottant sa hache contre son marteau.
— Parle et nous te laisserons la vie. suivit Bao.
— OU C'EST EN TREMBLANT QUE TU ENTRERAS DANS LE PALAIS D'ODIN ! ajouta Frida.

Le vieil homme petit et chétif qu'était l'Ermite, avait l'attitude d'une personne prête à mourir. Il ne semblait pas craindre les menaces des deux géants. Lorsqu'il se releva, l'Ermite montra son courage en regardant ses assaillants les yeux dans les yeux. Sans trembler, il énonça ses dernières paroles comme une prophétie, j'avais des frissons à entendre ses funestes mots. Le ciel c'était assombri, le vent se mit à frapper les tuiles et les fenêtres du temple, les oiseaux s'étaient tus et la température de l'air refroidit. En quelques instants, les choses prirent une tournure fantastique, c'était un moment spécial dont la sensation était difficilement descriptible.

Comme si la nature et les cieux s'apprêtaient à accompagner la volonté du Dieu savant. Que la chose qui arrivera ne sera pas sans conséquence, et que les mots qui suivront étaient à prendre avec la plus grande considération. . .

« Dans son avarice, il créa le monde tel quel.
Impossible vous sera la quête de l'ultime vérité, car vous n'êtes pas ceux qu'il attend.
Envie et orgueil causeront la perte des truands.
Un embrun glacial guidera l'âme des défunts, qui oseront pénétrer le monde du tout et rien.

Vivez dans la luxure, la gourmandise et la paresse.
Vivez en pensant être maitre de vos destins.
Vivez des plaisirs qui vous ont été offerts.
Vivez d'espoir de croyances illégitimes.

Pour toutes ces offrandes, la mort sera votre seule tribu à vous, peuple de Siz, car tous doivent mourir un jour. »

— Est-ce là tes derniers mots, vieil homme ? demanda Bao, la lame sur le cou de l'Ermite.
— Votre venue au Brésil était donc due aux bruits qui courent sur mon existence. Ainsi les Précepteurs pensent réellement avoir les forces armées nécessaires, avec leur champion pour s'emparer des

richesses de Siz ? Alors soi, partez mener cette guerre contre votre créateur, que vous désirez tant depuis des décennies.

— Parle maintenant ! s'exclama Bao.
— Au centre de la forêt amazonienne, c'est là-bas que se trouve le passage vers l'Inframonde. . .

Frida décapita le vieillard aussitôt.

Je n'avais pas tout saisi, mais ma seule piste pour accomplir mon rêve venait de s'éteindre. Dans un élan de rage et d'irrationalisme, j'ouvris la porte du temple avant de braquer mon arme sur Bao comme un cowboy.

Cruz et les autres qui avaient fait le tour entrèrent eux aussi dans le temple, ayant sûrement vu mon entrée comme un signal, alors que se faire repérer était la dernière chose à faire. Celui que nous cherchions venait de se faire tuer, intervenir n'était pas intelligent et même dangereux. Bao prit l'un de ses pistolets de la main gauche et brandit son katana de la droite, soudain Kira qui jusqu'alors était restée en retrait, surgit de l'entrée et déferla sur Bao sans hésitation. Le choc de l'épée de Kira contre le katana de Bao provoqua un son strident.

— Oï Kira ! dit Bao, en rangeant son pistolet, acceptant le duel aux lames.
— Vous allez mourir pour ce que vous avez fait, je vais tous vous tuer un par un ! répondit Kira.

Frida avait eu l'occasion de porter un coup à Kira, mais ne le fit pas, elle considérait que Bao lui seul suffirait. En regardant le corps du vieil homme, je repensai à ses paroles. Je compris que les Précepteurs et moi avions en fait le même objectif. Sortir du temple avec l'emplacement de ce mystérieux passage, sans laisser partir Frida et Bao, m'assurerait de ne pas avoir de concurrence.

Kira et Bao bataillaient comme des surhommes, on aurait dit des Dieux venus régler leurs comptes chez les mortels. Cela dit notre héroïne nationale avait le dessus sur le samouraï.

— Jette ton sabre champion, le combat est peine perdue pour toi ! brava Kira.
— Ton arrogance te perdra femme ! répondit Bao, ne pliant pas face à la technicité au combat de Kira.

Alors que je chargeai mon fusil, Frida bondit sur moi en me donnant un coup de marteau, me faisant tomber au sol comme une pierre.

— Que comptais-tu faire nègre ? dit Frida.
— Sengo ! hurla Cruz, en prenant le marteau de Xi.

Il réussit à dévier la hache de Frida qui s'apprêtait à m'achever, d'un coup aussi sec que celui ayant ôté la vie de l'Ermite. Dans le même laps de temps, Jet et Ellie prirent mon corps immobilisé au sol, pour m'éloigner du combat. Cruz prouva une nouvelle fois sa combativité en parvenant à tenir contre Frida, qui équivalait à Bao et Kira en force et réactivité. Il esquivait la hache de Frida avec fougue, rendait les coups de marteau par des coups de marteau et fit reculer la valkyrie pendant presque une minute, avant de se faire mettre au sol de la même façon que moi. Nous faisant comprendre que Frida ne combattait pas Cruz sérieusement. Xi qui s'était saisie du fusil, tenta désespérément de donner un coup de crosse à Frida, elle fut mise à terre avec encore plus de facilité que Cruz et moi.

Le petit Jet et Ellie ne pouvaient pas se battre, d'une part car ils n'avaient pas d'arme d'une autre, car ils allaient se faire manger de toute évidence. Kira était encore occupée avec Bao, leur duel ne semblait pas voir le bout malgré le net avantage de Kira.

— Même en mourant au combat, des nuisibles tels que vous n'irons pas au Valhalla ! dit Frida, en bravant sa victoire sur nous.

Cette femme était à fond dans ses croyances nordiques, elle semblait réellement y croire. La fin pour nous semblait réellement proche.

— Frida, Bao jetez vos armes je vous l'ordonne !

Alors que la Viking s'apprêtait à achever Cruz, Ellie se leva et avança vers Frida avec témérité.

— Un ordre ? Tu vas périr la première insolente. répondit Frida, en abandonnant la mise à mort de Cruz pour Ellie.
— Je suis Ellie Gates, sœur de Joseph Gates, fille de Sam-Forest Gates et je vous ordonne de jeter vos armes au sol. Oseriez-vous défier l'autorité du premier clan ?

Lorsqu'ils entendirent Ellie dire « premier clan », Bao et Frida abandonnèrent le combat après avoir tiré une grimace. J'étais au sol avec du sang sur le front, mais ébahit encore une fois devant la toute beauté d'Ellie. Elle venait de faire une démonstration de pouvoir par le seul ton de sa suave voix. Je me disais :

« Cette prostituée porte donc elle aussi un masque ? ».

— Bon qui d'autre ici n'est pas celui ou celle qu'il ou elle prétend être ? s'exclama Cruz, avec humour malgré la situation.
— Tais-toi nègre ! dit Frida, en donnant un coup de pied à Cruz.
    Ainsi donc, tu étais à Scornfull city, tous les clans ont remué ciel et terre pour retrouver ta trace jeune maitresse. ajouta Bao.

Il avait lâché son katana en s'inclinant, symbolisant son respect envers Ellie. Jet et Xi semblaient rapidement avoir saisi la situation, Frida ne tarda pas à suivre Bao genou à terre, sans pour autant laisser ses armes.

— Ellie qui es-tu réellement et pourquoi t'obéissent-ils ? disais-je.

— Je suis la fille du chef des Précepteurs, l'illustre Sam-Forest Gates, l'Homme le plus puissant et riche au monde. Frida et Bao sont des champions venant du « clan Ases » et du « clan Oni ».
— Des champions ? demandais-je, syllabe par syllabe avant qu'Ellie ne lâche un soupir qui précéda le début de son monologue.

— Les Précepteurs sont une secte créée au Portugal par mon ancêtre Pedro Gates. Elle compte différents clans en provenance du monde entier. En plus d'avoir leur propre culte, les Précepteurs sont une société secrète dirigeant le monde dans l'ombre. Tous les gouvernements sont en réalité sous la pression d'une même main. Beaucoup pensent à raison que la Révolution française ou la fondation des États-Unis sont le fruit de la stratégie de l'ordre des Illuminati. Mais en vérité, même eux ne sont que les marionnettes des Précepteurs. Ils tirent les ficelles derrière ce que le commun des mortels appelle le cours de l'histoire. Il y a des siècles, mon ancêtre Pedro Gates, le fondateur des Précepteurs avait découvert l'existence d'un autre monde. De là est né le culte des Précepteurs, qui veut qu'après avoir créé le monde, Dieu ou plutôt Siz comme nous l'appelons, affaibli eût à se reposer dans cet autre monde. Depuis, ils n'ont eu de cesse de chercher un passage vers ce qu'ils nomment l'Inframonde. Ces conspirationnistes veulent s'y rendre dans le but de devenir des nouveaux Dieux. Ne sachant pas ce qui les attend dans l'Inframonde, les Précepteurs ont rassemblé les meilleurs guerriers de l'humanité, qu'ils nomment champions. Dans leurs contrées respectives, les exploits de guerre des champions sont connus de tout un chacun. Aujourd'hui, ils sont ici au Brésil, tous prêt à faire la guerre à leur créateur pour s'emparer de ses pouvoirs, Frida et Bao ne sont que deux d'entre eux. dit Ellie, en me fixant avec ses beaux yeux roses.
— Sengo ça va ? demanda Jet.

J'avais un large sourire à l'écoute des paroles d'Ellie, le sang sur mon front s'était écoulé jusqu'à ma bouche, teintant mes dents de rouge, mes veines frontales se firent paraître et mes yeux ne clignaient plus tant j'étais pensif. Plus tard, Xi me dit plus tard qu'à ce moment c'était le visage de la folie que j'arborai.

Mon ambition venait de renaître et le destin jouait en ma faveur, car cet Inframonde était la clef pour obtenir mes réponses.

— Oï Frida, que comptes-tu faire ? Tu sais qui est en face de toi ? Arrête-toi ! dit Bao, en posant sa lame sur le cou de Frida, tandis qu'elle s'avançait vers Ellie.
— Ellie vient de violer l'un de nos Mento, celui du secret. C'est désormais une traîtresse, elle n'a pas été reniée officiellement, mais ça ne saurait tarder ! Tous ceux qui l'ont entendu doivent périr ! L'existence de l'Inframonde doit rester secrète Bao ! répondit Frida.

— Je ne crains peut-être pas la mort, mais les poings de Joseph c'est autre chose. Tu sais ce qui se passera s'il apprend que nous avons jugé nécessaire de tuer sa sœur ? Ne m'oblige pas Frida. rétorqua Bao.
— N'oublie pas qui est ton allié ici Bao, si on laisse cette fille pour morte personne n'en saura rien. suivit Frida.
— Je ne peux pas te laisser faire ça Frida ! s'exclama Bao.

Durant le temps d'inattention des deux champions, Kira en profita pour planter Bao dans son dos. Il était primordial de ne pas laisser les deux guerriers sortir d'ici. Malgré la méthode d'une lâcheté démesurée, le résultat était là. Il ne restait plus que Frida, qui de stupeur recula de plusieurs mètres, avec le corps de Bao qui avait basculé sur ses épaules. Mais Kira ne s'arrêta pas là, l'occasion était bien trop belle.

— Arrête Kira ! s'exclama Ellie, en s'interposant entre Kira et Frida.

Quelques secondes eurent suffi à Frida pour s'enfuir en vitesse avec Bao quasi mourant.

— Sais-tu ce que tu viens de faire ?! Si Frida prévient Joseph pour toi ou ce que l'on sait, nous serons la cible des plus dangereux assassins du monde ! gueula Kira, sur la fille de Gates.
— Ils avaient abandonné le combat, c'était plus fort que moi, je suis désolée. . . répondit Ellie.
— Après la nuit de Scornfull city, on va devoir échapper à des tas de types comme eux ? dit Cruz.
— Jet nous avons fait bien plus que ce qui avait été convenu au départ, rentrons au souterrain, c'est devenu bien trop dangereux. ajouta Xi.

Tout le monde était paniqué et pour cause, Frida allait prévenir les Précepteurs quant à notre cas, mais surtout pour l'emplacement du passage vers l'Inframonde. Il était désormais vital de rester groupé, car isolé nous ne serions que des cibles plus faciles.

— Calmez-vous ! On pourrait croire que le pire pour nous est arrivé, mais ce n'est pas le cas, car nous sommes toujours tous en vie. Jet, Xi venez avec nous, Scornfull city sera le premier endroit où ils chercheront vos traces. Notre arrivée dans la ville n'était pas passée inaperçue, les gens du souterrain vous trahiront. La priorité est de quitter la ville pour de bon. Allons plus loin, vers le Nord-ouest, éloignons-nous de Scornfull City et São Paulo. disais-je.

Le Nord-ouest était en direction de l'Amazonie, je comptais bien atteindre l'Inframonde. . .

Le temple de l'Ermite regorgeait d'une multitude de biens de bonnes valeurs. Les offrandes de ses clients ornaient les murs, les rangements et même le sol. Des armes en provenance du monde entier, ainsi que des trésors étaient exhibés fièrement à l'étage, il y avait aussi toutes sortes de vêtements de provenance étrangère, des armures et même des statuettes.

— Cet homme était en fait un bon avare. dit Cruz, en mettant une couronne sur sa tête.
— Les riches n'ont pas réellement de besoins, ils ont vaincu la survie, mais uniquement des envies. Puisque le matériel ne nous suit pas dans la mort, toutes les richesses qu'il a amassées de son vivant ne sont maintenant que l'objet de convoitise. disais-je.
— Notre convoitise je préciserai Sengo, il y a tout ce qu'il faut ici pour le voyage. Douchons-nous et équipons-nous vite, il ne faut pas trainer Frida est sûrement en route vers São Paulo pour avertir le reste des champions. suivit Kira.
— Je ne suis pas contre une douche moi non plus, viens Xi j'ai vu des beaux kimonos du côté du garde-manger. ajouta Ellie, qui partit aussitôt en compagnie de Xi choisir de nouveaux vêtements.

Étonnamment le temple était sans protection, n'importe qui aurait pu s'y introduire et n'aurait alors qu'à piocher, j'en conclus que l'Ermite était bien trop avare pour payer des gardes.

Avant de quitter le temple avec des armes, de nouveaux vêtements, des soins et de la nourriture pour plusieurs lunes, j'avais pris avec moi un petit coffre rempli de pièces d'or. J'enjambai la dépouille encore chaude de l'Ermite, et quittai le temple avec mes nouveaux alliés...

La nuit tombée, nous bivouaquâmes tous dans une petite grotte autour d'un feu, quelque part au nord-ouest de Scornfull city, telles de vieilles connaissances. En se remémorant cette incroyable journée.

C'était bien là, l'un des seuls moments de répit et de sécurité depuis plusieurs jours. Tout est allé très vite depuis l'abolition de l'esclavage, mais je repensai à ce moment où je vis Cruz pour la première fois, un détail m'avait échappé depuis le début de mon aventure.

— Cruz ?
— Sengo ?
— Pourquoi souhaitais-tu rencontrer l'Homme qui sait tout ?
— Depuis longtemps je m'interroge, autrefois j'avais une idée précise, mais une fille me fit remettre en question ma définition de l'amour. Je pensais que l'Homme qui sait tout pourrait m'apporter une réponse.
— Ta définition de l'amour ?

CHAPITRE 6

L'amour selon Cruz

(Point de vue de Cruz)

9 juillet 1887,
São Paulo, Brésil.

Il y a de cela une année, alors que j'étais encore esclave de corvée au Red Zeff, je fis la rencontre d'une fille qui venait d'être achetée par le restaurant, elle était serveuse et mettait tout son cœur à l'ouvrage. Nos tâches étaient toujours des plus ingrates, mais elle réussissait toujours à rester souriante et positive, quelques clients l'adoraient pour ça. Son visage s'apparentait à un magnifique tableau et à la vue de ce tableau, je ressentais toujours une étrange sensation. Comme s'il me happait, c'était parfois l'angoisse et le trouble même qui s'emparait de moi en la voyant.

Le soir, une fois le restaurant fermé et mon maitre partis, je pris mon courage à deux mains pour aller lui parler, je pus constater de plus près, la toute beauté du tableau.

Ses lèvres étaient pulpeuses, sa peau mate et foncée, mais si colorée que je puis à ce moment sentir la délicatesse qui en émanait. C'était comme si le Soleil lui-même, avait donné de sa lumière pour façonner sa teinte de peau pourtant sombre, mais luisante telle la Lune. Ses cheveux étaient bouclés et avaient l'air si soigneux, que je ne pouvais m'empêcher de vouloir passer mes doigts entre. Elle s'appelait Jane et avait 16 ans tout comme moi.

En quelques semaines il eut un rapprochement entre elle et moi. Des promesses ont commencé à se faire, des secrets à se confier et des rêves à venir en tête. Tout était si beau, il y a une réelle magie lorsque l'on commence à éprouver des sentiments, puis est venu le jour de notre premier rendez-vous.

14 juillet 1887,
São Paulo, Brésil.

Nous nous étions donné rendez-vous devant le Red Zeff à huit heures du soir. J'avais plus d'une heure de retard, ce que Jane ne manqua pas de me reprocher :

« Même pour notre premier rendez-vous, tu ne peux pas faire l'effort d'arriver à l'heure Cruz ! »Qu'elle me dît, j'ai toujours eu un problème avec les horaires, mon ancien maitre m'avait plusieurs fois tapé sur les doigts pour ça. Je me contentai de faire mine de m'excuser en souriant comme un idiot, car ce soir-là, Jane était plus belle que jamais.

La ville était dansante et ses habitants étrangement joviaux, la brise était douce, la température ni trop froide, ni trop chaude. Je marchai avec Jane durant plusieurs heures dans les rues de São Paulo, sans même voir le temps passer. Nous nous racontions des blagues et des histoires, plus elle riait et plus je tombais amoureux.

Sans trop savoir où nous allions, car la passion nous avait perdus, nous arrivâmes au bord de la mer. Nous avions toute la nuit devant nous, avant de devoir retourner à notre réalité d'esclave le lendemain. Le ciel était beau et rempli d'étoiles et le bruit des vagues juste magnifique. Tout était si merveilleux, tout était si beau.

Lorsque je tournai ma tête et vis Jane me sourire, je remis le mot beauté en question. Lorsque je vis ses yeux faire des allers-retours entre mes lèvres et mes yeux, sans dire un mot, je l'embrassai.

Nous avions passé toute la nuit allonger sur le sable, le temps ne s'écoulait plus, car l'amour l'avait tué.

Les derniers mots de Jane avant de s'endormir la tête contre mon torse furent :

« Quel beau ciel étoilé. »

15 juillet 1887,
São Paulo, Brésil.

Au lever du jour, le chant des mouettes me réveilla, mais Jane n'était plus à mes côtés, dans la panique je criai son nom. De grâce elle me répondit aussitôt, elle était pieds nus dans l'eau, le regard tourné vers l'océan. Je la rejoignis et avant même que je puisse dire un mot, elle me demanda ce que représentait l'amour pour moi d'un ton sérieux.

— L'amour ?
— Oui. répondit Jane.
— Pour moi l'amour est un art, il me permet de me relâcher, être moins sensé, être plus humain. À partir du moment où j'arrive à une sensation de bien-être avec quelqu'un suffisante pour sourire, m'exprimer et vivre tout simplement. Sans être rationnel et parfois cru, c'est qu'il y a quelque part une forme d'amour. J'aime ce ressenti différent en moi, l'amour c'est ce que je ressens pour toi Jane.

21 juillet 1887,
São Paulo, Brésil.

Une semaine avait suivi notre premier rendez-vous, Jane devenait de plus en plus distante, de moins en moins attentionnée. Sans raison nous nous étions éloignés après avoir vécu des semaines de passion. Un jour tandis qu'elle avait fini de travailler quelques heures avant moi, je lui fis une visite surprise dans son senzala*.

La porte n'ouvrait pas alors je fis le tour guetté à la fenêtre. Soudain j'entendis un cri, c'était la voix de Jane. Je me précipitai à l'arrière pour entrer par la fenêtre et la secourir. Mais ce n'était pas un cri de détresse, un grand nègre était avec elle dans sa chambre. Jane semblait y prendre plaisir et bien plus encore, je ne pouvais que regarder impuissant. . .

Mon cœur se froissa et mes larmes ne mirent pas longtemps à couler. J'en eus la voix coupée, comme celui à qui on a coupé la langue.

Il fallut que j'entende le bruit d'une fessée, suivi de leurs ébats pour reprendre mes esprits. Je partis le plus loin possible avant de m'écrouler de chagrin.

« Jane, pourquoi m'as-tu fait un coup d'une telle bassesse ? »

J'aurais voulu lui dire ces mots, je ne voulais pas entendre une bonne ou mauvaise réponse, juste la vérité. Mais j'étais bien trop peiné pour ne serait-ce que lui demander des explications.

Les mois passèrent, nous étions devenus de parfaits inconnus. Je vis Jane pour la dernière fois quelques minutes avant de te rencontrer, Sengo.

Les Hommes sont si faibles lorsqu'il s'agit d'aimer.

CHAPITRE 7

Sex penalty

À l'aboutissement de son récit, Cruz avait presque fondu en larme, il avait le cœur tendre et brisé malgré lui.

— Et toi Ellie, Bao a dit que les Précepteurs t'ont cherché, mais n'ont pût te retrouver. Alors comment la fille du plus grand gourou sur Terre a-t-elle fini dans le bordel de Georgie à Scornfull city, si loin du Portugal ?

Nell m'avait appris qu'on ne parle pas des larmes d'un homme, en aucune circonstance. Alors comme pour couvrir Cruz et préserver sa dignité, je redirigeai l'attention vers Ellie.

— Je. . . Je me suis enfui. répondit Ellie.
— Tu t'es enfuie ?

(Point de vue d'Ellie)

26 octobre 1887,
en mer à quelques kilomètres des côtes du Brésil.

Sur un navire de prestige conçu par mon père Sam-Forest, je résidais depuis plusieurs semaines, attendant que mon grand frère Joseph termine son œuvre. Mes journées étaient répétitives, l'enseignement du Grand-prêtre visant à faire de moi une sœur et l'air marin devenaient de plus en plus pénibles. Dans ma famille, je m'étais toujours sentie prisonnière, mon quotidien de bonne sœur serait encore celui d'aujourd'hui sans un certain incident. . .

Mon avenir était tout tracé, condamnée à vivre sans romance, condamnée à vivre sans aventure, à ne pas connaitre tout ce qui fait charme et expérience. J'étais aussi esclave d'une certaine manière, une esclave vêtue de soie.

— Il est l'heure de prier Grand-prêtre vous attend, suivez-moi jeune maitresse.

L'homme qui était venu me déranger à ma loge, tandis que je me lamentais dans mes draps comme à mon habitude, était sur ce navire pour me protéger.

Une histoire à son sujet dit qu'en temps de guerre durant l'an 1840, il a prouvé sa bravoure en menant une bataille à lui seul. Pendant 45 jours, il avait mis en échec les troupes anglaises venues prêter main-forte à l'Empire ottoman. Les Précepteurs ont par la suite conclu un pacte secret avec *Méhémet Ali* un ancien roi égyptien, et figure du clan Sobek. C'était ce guerrier de légende que mon frère avait choisi comme champion.

— Je suis prête dans quelques minutes Zak ! disais-je.

Il s'appelait Zakaria et avait le cœur sur la main. N'ayant connu que le combat et l'aventure dans sa vie, il compatissait souvent de me voir tel un oiseau en cage.

Après avoir mis ma tenue de prière, je m'en allai sous bonne escorte rejoindre le Grand-prêtre dans la Divitiae, le lieu de culte des Précepteurs. Bien que là contre mon gré, je ne pouvais qu'être fasciné de la toute beauté de la Divitiae.

Le sol était fait de carreaux avec des motifs dessinant des étoiles, le plafond rempli d'astres et de magnifiques fonds roses. Toutes les planètes, astéroïdes et autres corps célestes étaient fait de mille motifs, formes et couleurs. L'aura que dégageait cet endroit me fit penser que je n'étais plus sur Terre, mais ailleurs. Je pris place à l'avant de la Divitiae avec les autres sœurs, afin de réciter pour la millième fois la sordide prière d'ouverture :

« Gloire aux Précepteurs, gloire à nos sœurs, gloire à nos champions, qui avec leur courage et leurs armes s'en iront prendre ton monde de richesses. Oh grand Siz, nous t'apportons le fléau de notre ambition que voici. »

Lorsque je sortis quelques heures après pour regagner ma chambre, je remarquai que la mer était très agitée.

— Il va y avoir une tempête on dirait Ellie !

La raison pour laquelle je n'avais pas encore sauté par-dessus bord m'avait pris à revers discrètement pour me toucher la fesse.

— Pas ici ! disais-je toute rouge.

L'amitié nous liait, et bien plus que ça par moments je l'avoue. Nous nous connaissions depuis notre enfance au Portugal, c'était l'être le plus cher à mes yeux après mon frère Joseph. Le moment venu, cette même personne n'avait pas hésité un instant à me suivre à l'autre bout du monde.

Nous quittâmes le pont déjà glissant d'eau de mer pour ma cabine. J'avais des soupçons sur ses intentions après la fessée, et lorsque nous nous étions retrouvées seules dans ma cabine, j'avais la confirmation que mon compagnon voulait en découdre. Tandis que je me languissais sur mon lit, mon compagnon était debout à quelques mètres près de la porte. Sans savoir pourquoi, je me levai et avançai vers cet amas de pulsions. Il ne fallut que quelques secondes avant que nous nous embrassions tendrement.

La bonne sœur que j'étais cédait de plus en plus à la tentation, la tension devenait peu à peu insoutenable. Mon compagnon me mit dos contre un mur, comme pour lier mes mains, sa main gauche était occupée avec un de mes seins, sa main droite était-elle descendue plus bas...

Tout cela m'était interdit, je le savais pertinemment et pourtant il n'y avait aucune résistance de ma part, c'était bien trop bon.

Zakaria qui voulait s'assurer que tout allait bien pour moi, ouvrit la porte de ma cabine sans crier gare. Lorsqu'il me vit moi et mon amie Rita, il n'énonça pas un seul mot. Il était déjà devenu le monstre qui avait fait sa renommée.

— Arrête Zak ! Elle n'y est pour rien ! Je lui ai fait du chantage pour obtenir ses faveurs, c'est moi qu'il faut blâmer ! disais-je.

Je savais ce qui allait suivre et m'empressai à moitié dénudée, de faire mur entre Zakaria et Rita.

— Écartez-vous jeune maitresse, je suis votre protecteur, mais surtout le garant pour que ce genre de perversion ne vous atteigne pas !

Qu'il me disait avec son khépesh en main.

« Je t'aime Ellie, je t'ai toujours aimé même si toi tu ne voyais rien. »

Tels furent les derniers mots de mon amie Rita avant de se faire sauvagement assassiner par Zakaria.

Ce que je ressentis ce soir-là était bien trop intense et douloureux pour être décrit. Je me sentais impuissante et fautive, mais en colère contre cette doctrine qui m'avait mis en chaîne. Les belles-sœurs n'avaient pas le droit au plaisir, cela était interdit chez les Précepteurs. La seule personne qui rendait mes journées meilleures venait de mourir, c'était si injuste que j'en devins folle.

Je pris une barque à l'arrière du bateau pour m'enfuir, ou juste mourir en mer, je ne sais plus trop ce que j'avais en tête à ce moment. Je ne savais rien faire par moi-même et c'est encore le cas aujourd'hui. Il ne me fallut que quelques minutes pour faire tomber les rames à l'eau. Au dépourvu des vagues, du froid et de la tempête, Zakaria plongea en mer pour me secourir. Il avait réussi de justesse à se hisser sur ma barque. Mais le vent et l'océan avaient déjà fait de nous leurs pantins. Zakaria et moi étions à la dérive assez loin du bateau pour ne plus l'apercevoir, alors qu'une vague gigantesque se profilait à l'horizon.

Zakaria me serra dans ses bras au moment de l'impact, et c'est nul doute ce qui m'avait sauvé ce jour-là. Lorsque j'ouvris mes yeux, Zakaria Sobek était mort à mes côtés.

J'avais fait naufrage sur la plage de Scornfull city.

C'était à ce moment-là que je fis la rencontre de Georgie, ce proxénète enterrait un corps dans le sable avant de m'entendre cracher de l'eau.

Après m'avoir recueilli, il me nourrit et m'hébergea plusieurs semaines, avant de me dire que je lui devais de l'argent pour cela. J'ai été assez naïve pour croire qu'il me voulait du bien, pour payer mes dettes, j'étais devenue l'une de ses filles de joie.

En somme si je vous ai suivis, c'est parce que pour la première fois dans ma vie, des gens m'ont laissé le choix. Je serai morte des mains de Georgie sans votre aide à vous Sengo et Kira.

Je n'ai que de la gratitude pour vous.

CHAPITRE 8

Les richesses de Siz

— En racontant mon histoire j'ai omis certains détails par pudeur, Jet est un enfant, il n'avait pas besoin d'entendre tes antécédents pervers Ellie. dit Cruz.
— Jet a 15 ans, il n'est pas aussi jeune que tu le crois Cruz. Ellie n'a pas à se reprocher de nous narrer quoi que ce soit par pudeur. C'est un concept qu'elle a abandonné en devenant une fille de joie. répondit Xi.

Le sarcasme de Cruz n'était pas très bien passé aux oreilles de Xi, qui lui fit aussitôt la leçon.

— Haha, je n'ai rien à rétorquer, nos points de vue diffèrent tout simplement Xi. suivit Cruz.

Le brasier des flammes du feu de camp réchauffait juste assez pour ne pas prendre froid. Les histoires de mes nouveaux compagnons s'associer aux bruits de forêt, créant un climat d'épouvante.

— Vous êtes bien loin de chez vous, c'est la première fois que je vois des Asiatiques au Brésil. disais-je.
— Mon frère et moi sommes originaires du Japon d'une part et de Chine de l'autre, c'est tout ce que j'ai à te répondre Sengo. répondit Xi.
— Sokka*. suivais-je, avec un accent très douteux.

Elle ne voulait pas se confier comme l'avaient fait Ellie et Cruz précédemment, ce qui fit naître en moi un petit soupçon vis-à-vis de leur fratrie. Jet resta silencieux, faisant honneur à la volonté de sa sœur de ne rien dire.

— Il faut que vous sachiez que les Précepteurs, nous tuerons tôt ou tard. dit Ellie, avec témérité.
— Comment ça ? répondit Cruz.
— À moins d'un miracle, Bao ne survivra pas à ses blessures. Et même si tel est le cas il y aura des représailles, l'un des 4 « Mento » des Précepteurs est la punition. Tous ceux qui nuisent à leur organisation sont tués. Cette règle est fondamentale chez eux, ils protègent les leurs et n'accepteront jamais une telle offense.

De plus ils savent que je suis avec vous. Les chances qu'ils nous prennent en chasse sont de 100% croyez-moi ! suivit Ellie.

— Tu as raison Ellie, en leur montrant de l'opposition, nous nous sommes condamnés. Mais fuir ne sert à rien, tôt ou tard ils nous retrouveront. La seule solution est de se battre. disais-je.
— Sengo-san nous ne sommes que six et ils ont une armée ! suivit Jet.
— Oui, mais attendre la mort n'est pas une option valide pour moi. Si l'ennemi est plus fort, alors il faut ruser. Rendons-nous dans l'Inframonde avant eux, si tout ce qu'ont dit Ellie et l'Ermite est vrai, nous n'aurons plus rien à craindre de personne ! m'exclamais-je.

Il n'y avait aucun endroit sur Terre où nous pouvions nous cacher, sans craindre le courroux des Précepteurs. Tous savaient que si nous voulions faire de vieux os, il fallait le faire. À l'écoute de mes paroles, chacun d'eux avait une réaction bien différente. Ellie savait que c'était la seule solution et baissa la tête par consentement, Xi et Jet s'observèrent entre eux, la belle Kira me regardait en réfléchissant avant de tourner la tête vers Cruz. Il était le seul à connaitre mon rêve, et donc le seul à avoir tilté que tout ce que j'avais dit allait surtout dans mon intérêt. Mais Cruz garda étrangement ses lèvres closes.

— Si nous nous concentrions sur une **stratégie** de défense ou de fuite, nous serons morts dans les prochaines semaines. Il faut à tout prix lutter et prendre les richesses de Siz pour se défendre. Alors, votons ! Qui souhaite devancer les Précepteurs avec moi en entrant dans l'Inframonde ? disais-je.

Kira fut la première à lever la main, s'ensuivis Cruz. Avec une once de timidité, Ellie me donna également raison, Jet ne tarda pas à suivre, seule sa sœur Xi n'adhérait pas au plan.

— C'est trop dangereux Jet. dit Xi, en regardant son petit frère avec inquiétude.

— N'oublie pas ce que ces gens nous ont fait onēchan*...

Xi fît une tête étrange, soulevant interrogation et ambiguïté. C'était alors devenu évident que le passé qu'elle ne souhaitait pas me dévoiler avait un lien avec les Précepteurs. Nous avions désormais les armes, des vivres, de l'or et la fille du chef des Précepteurs à nos côtés. Mais surtout un intérêt commun, celui de vaincre la survie par l'aventure.

— Ellie tu es celle qui connait le mieux nos ennemis ici, dans quoi je viens de m'engager exactement ? dit Cruz, après avoir attaché ses cheveux.

— Eh bien, les Précepteurs forment une organisation très complexe. Même moi je n'ai aucune information sur le nombre de soldats ou d'espions, ils sont absolument partout, dans tous les gouvernements. Un ordre d'en haut et une dynastie s'écroule ou un génocide a lieu. Il n'est pas exagéré de dire qu'ils sont omniprésents, cet aspect de l'organisation est méconnu. Pour les gens normaux, les Précepteurs sont juste une bande de religieux fanatique, dont la bonne parole est financée par ma famille. Pour les plus haut placés des gouvernements ce sont les diables en personne, dont la simple évocation suffit à inspirer la crainte. Mon grand frère a depuis sa plus tendre enfance reçu un entrainement rigoureux, pour faire de lui le plus fort des combattants. Les dix-neuf autres champions qui l'accompagnent sont tous choisis sur le critère de la force et de leurs exploits militaires. On peut déduire qu'ils sont maintenant plus que dix-huit dans le projet de conquête de l'Inframonde, sans Bao et Zakaria. Et ne vous fiez pas aux armes que les champions utilisent, technologiquement les Précepteurs ont 20 ans d'avance sur le reste de l'humanité. dit Ellie.

— Un peu chaud que ces types en ont après nous. répondit Cruz.
— J'ai réussi à tuer une autre championne en m'enfuyant de São Paulo, vous pouvez en compter dix-sept. Et ce qu'a dit Ellie est vrai, mais nos ennemis sont plus précisément les champions. Ils sont certes des Précepteurs, mais ils se distinguent par plusieurs points.

Déjà ils sont tous des combattants aguerris, si vous vous retrouvez devant eux, fuyez, je suis la seule ici pouvant tenir tête à un champion. Ensuite, Joseph Gates celui qui les dirige est tout bonnement hors pair, je ne vous souhaite pas de comprendre pourquoi je dis cela. Sengo a raison, si on veut continuer à vivre, les devancer est notre seule option. suivit Kira, en aiguisant son épée près du feu.

Entre les histoires de Cruz et Ellie, les dires de Kira sur les champions, le mystère avec les Précepteurs que cachent Xi et Jet, cette discussion autour d'un feu de camp au beau milieu de nulle part ne manquait pas d'intensité et de suspicions.

Quand j'y pense, se retrouver dans la même galère du jour au lendemain, c'était bien un sale coup que seul le destin a le secret.

CHAPITRE 9

Guerre secrète

3 mois avant le début des aventures de Sengo,
à l'extrême sud de l'Afrique, quelque part dans le royaume zoulou.

L'homme qui cultivait son jardin et élevait son bétail paisiblement, seul et isolé des siens, était en quête de rédemption. Il fut bâtard, puis paria, avant de devenir roi, on dit de lui qu'à la mort de sa mère en l'an 1827, il fît exécuter 7000 de ses sujets. Les plus anciens l'ayant connu à son apogée racontaient aussi qu'il fût un charismatique tyran, sanguinaire et conquérant. Sa chute précipitée d'après les dires, par la crainte de son peuple et sa vie prise, par ses frères l'année qui suivit son massacre. Infligé par ses atrocités, il s'était il y a longtemps retiré pour vivre une vie paisible dans le plus grand des secrets.

Aussi, on dit de lui qu'il vit le jour en l'an 1787, mais plus d'un siècle après il semblait toujours jeune et fort. Cet homme qui avait tout abandonné navré par le poids de ses actes, se nommait Shaka Zoulou. Mais l'histoire est écrite par ceux qui gagnent, par ceux qui restent. La vérité est qu'au cours de son règne, il pactisa avec les Précepteurs pour acquérir l'immortalité. Il fit passer le massacre de 7000 des siens pour un acte de deuil, mais il n'en était rien. Le roi Shaka avait offert la vie de milliers d'hommes et femmes aux Précepteurs à des fins scientifiques, en échange de l'eau de Jouvence. Shaka Zoulou se condamna alors en 1828, à vivre une éternité de remords et de solitude.

Seulement, la guerre anglo-zoulou qui prit fin en 1879 vint troubler sa paix. Réalisant que la nature de l'Homme ne lui accorderait jamais le repos, il reprit les armes. Pendant des mois, grâce à sa seule force et ses pouvoirs de régénération, il se constitua en allant de village en village, une petite armée qui s'agrandissait d'année en année. Ce n'était plus son esprit de vengeance d'antan qui l'animait, mais la quiétude, son projet était d'unifier tous les peuples d'Afrique et mettre sur pied le plus grand empire n'ayant jamais existé.

Pour Shaka, devenir « le chef de la Terre » était la seule solution, pour garantir une paix, sur laquelle il pourrait veiller jusqu'à la fin des temps. La décennie suivante, les Précepteurs prirent conscience du danger que la montée en puissance du roi sombre représentait.

Avant de retourner au Brésil, Joseph et son équipe de champions furent dépêchés par Sam-Forest Gates, pour prendre la tête de l'immortel. En quelques jours, les champions et leurs troupes mirent à mal l'armée zouloue. Si pour Shaka les seuls individus capables de le mettre en échec étaient venus à lui. Les Précepteurs eux avaient envoyé leurs meilleurs atouts pour garantir leur suprématie. Qui pourraient bien trouver la mort, en combattant le monstre qu'ils avaient créé...

Le septième jour, ce fut dans une plaine aride, à la chaleur du midi que la bataille décisive eut lieu. Les troupes zouloues étaient composées de 12 000 hommes et d'un immortel. L'armée des Précepteurs comptait à peine 1000 soldats, dix-neuf champions et l'Homme le plus fort du monde. Joseph se tenait sur la première ligne de front, avec à ses côtés les champions Marco, Maximus, Tooms et Janae.

Bao et Frida dirigeaient les régiments du flanc gauche, tandis que Yuri, Vladmir et Yvan combattaient sur le flanc droit. Les autres champions étaient mélangés aux troupes. L'une du nom de Natasha menait à l'arrière d'une main de maitre la cadence des canons, empêchant les troupes de Shaka d'avancer. Les guerriers zoulous se ruèrent sur les soldats de la secte, heurtant tel un assaut suicide les fusiliers. Ils mirent deux heures avant d'atteindre la première ligne des Précepteurs, au sacrifice de milliers des leurs.

Pour éviter les dégâts collatéraux, Natasha fit arrêter les coups de canon, permettant à Shaka Zoulou en personne de se joindre au combat.Les balles ne le ralentissaient pas, la fatigue ne l'atteignait pas, sa rage de vaincre faisait frémir tous les soldats, qui de peur s'écartaient de l'immortel. Chez les Précepteurs, les pertes causées par la détermination du roi Shaka se comptaient déjà par dizaines. Janae, Maximus et les autres champions qui se tenaient aux côtés de Joseph se dressèrent ensemble contre Shaka.

Mais le roi n'était pas seulement invulnérable, son habilité au combat était celle d'un vétéran ayant gardé le meilleur de sa forme, bien loin de tout ce que les pauvres champions auraient pu imaginer. Tooms fut le premier à mourir, charcuté par la lance du roi. Janae et Marco y laissèrent eux aussi leurs peaux, après un affrontement honorable, mais perdu d'avance. Maximus muni de son glaive et de son bouclier, fut le seul à tenir face à Shaka.

La bataille atteignit son paroxysme de violence, les cadavres gisaient au sol par milliers, parfois étalé sur plusieurs mètres. Des vautours bien pressés n'avaient pas attendu la fin des hostilités, pour bouloter les Zoulous morts des canons de Natasha. Le son des crânes fracturés éclatant au sol, devenait la banale mélodie, dans laquelle les combattants périssaient. Les maitres de la violence ne réalisaient même pas l'atrocité de leurs actes sous le coup de l'excitation. Peut-être était-ce la seule grâce à laquelle ils eurent droit, car dans l'immédiat, celui qui se serait rendu compte de la barbarie de cette bataille, aurait sans aucun doute était pétrifié. L'odeur du sang ou la vision catastrophique de leurs derniers instants, aurait incapacité n'importe lequel de ces guerriers.

Bao et Frida faisaient un carnage de leur côté, voulant combattre les zoulous d'égal à égal, ils s'étaient démunis d'armes à feu, s'adonnant à des morts ensanglantées au corps-à-corps. Finalement Maximus s'inclina, Shaka l'avait désarmé en lui tranchant la main. Le roi observa Maximus avec respect, avant d'effectuer un mouvement circulaire avec sa lance pour l'achever. Le son qui suivit n'était pas celui de la tête de Maximus roulant au sol, mais le son aigu et intense de l'épée de Joseph, qui contra la lance de Shaka. Sauvant Maximus d'une mort certaine. Désormais, Joseph Gates et le tyran étaient face à face. Au beau milieu du champ de bataille, prêt pour le combat de leur vie.

— Pardon Joseph j'ai échoué. . . dit Maximus avec amertume.
— Tu es loin d'être faible bien au contraire Maximus, c'est lui qui est trop fort ! Je m'occupe du reste. suivit Joseph.

(Point de vue de Bao)

— La soumission ou la mort Shaka ? dit Joseph.
— Tu as bien grandi fils de Sam-Forest, tes traits sont bien ceux de ton père. répondit Shaka.
— Maintenant que je t'ai en devant moi, il est vrai de constater que les pouvoirs de la Jouvence, sont bel et bien réels, c'est une calomnie de les avoir concédés. remarqua Joseph, en regardant au sol un des morceaux de chair de Shaka, que Janae avait réussi à couper.
— J'ai vaincu, écarte-toi et laisse-moi mettre à mort ce guerrier.
— Maximus est un champion, je l'ai moi-même choisi. Il n'y a aucune raison, pour que je le laisse mourir sans rien faire Shaka.
— Et que comptes-tu faire mortel ?
— Tu as pris la vie de précieux combattants, mais tout te sera pardonné si tu rejoins nos rangs. Alors, la soumission ou la mort ?
— Comme si tu pouvais me tuer ! Joseph !

Après toute cette tension, Shaka s'élança tête la première. Le combat fut de toute beauté, chacun de leurs mouvements était d'une précision et d'une clarté absolue. À les voir, on aurait cru qu'ils étaient seul à seul. Comme s'il n'y avait ni balle ni cri d'agonie autour d'eux. La concentration et la technique de ces deux hommes dépassaient tout entendement. Seules sept secondes eurent suffi à départager les deux guerriers.

Seconde 1 - Le roi tenta de planter Joseph avec sa lance, mais ce dernier l'avait coupé en faisant pirouetter son épée.

Seconde 2 - Shaka répliqua en poussant Joseph avec son bouclier, le champion ne vacilla pas grâce à ses prodigieux appuis.

Seconde 3 - Joseph repoussa son assaillant au loin avec ses épaules, et sa force herculéenne.

Seconde 4 - Le chef zoulou à terre, son adversaire en profita pour le taillader, Shaka tenta de se protéger avec son bouclier. Mais l'épée de Gates était bien trop tranchante, elle ne manqua pas de fendre le bouclier et le bras droit de Shaka en deux.

Seconde 5 - Le roi répliqua en bloquant l'épée de Joseph, à même la chair de son bras gauche.

Seconde 6 - Shaka régénéra son bras droit et donna un puissant coup de poing dans la tempe de Joseph.

Seconde 7 - Énervé qu'on aille pu lui donner un coup, Joseph découpa Shaka en une dizaine de morceaux à une vitesse phénoménale.

Le roi Shaka tenta de reconstituer rapidement son corps, mais il était déjà vaincu. Il n'avait ni lance ni bouclier. Joseph lui trancha une nouvelle fois les membres avant de l'attacher. Lorsque leur chef fût neutralisé, les Zoulous jetèrent les armes, donnant la victoire aux Précepteurs.

Toutefois, les champions vécurent cette victoire comme une humiliation, car une centaine de soldats armés jusqu'aux dents et parfaitement entrainés, ainsi que trois champions perdirent la vie.

Uniquement à cause, de la ténacité de Shaka Zoulou. . .

Quelques jours plus tard,
au sommet du Piton de la Fournaise sur l'île de la Réunion.

— As-tu une dernière parole à prononcer Shaka ? s'exclama Joseph, tel un bon vieil ennemi.

Assis à côté du roi sombre, encore ligoté des mêmes liens, seul à seul devant l'immensité du volcan.

— J'avais un plan, un plan pour établir une paix durable. En unifiant tous les peuples, j'allais rompre la boucle de violence et de guerre dans laquelle l'humanité est plongée. L'avidité des Précepteurs, ne permettra jamais au monde d'être sauvé.
— Je constate que tu as eu le temps de bien apprendre notre langue. Alors écoute bien ce que je vais te dire. Ce monde ne mérite pas d'être sauvé, fais-toi une raison Shaka.

Quelques minutes en silence suivirent ces mots.

— Quel est ton rêve Joseph ?
— Je veux m'entretenir avec Dieu, j'ai des questions à lui poser.
— Tu es bien plus ambitieux que moi Joseph, finissons-en je suis prêt.

Tels furent les derniers mots de Shaka Zoulou. Joseph le poussa dans le volcan, lui offrant la plus atroce des souffrances pour l'éternité.

Shaka fut pour Joseph, son plus grand adversaire.

CHAPITRE 10

The Chainbreaker

JOUR -1
12 mai 1888,
en mer non loin du Brésil.

Joseph et le reste de ses troupes avaient depuis plusieurs jours, repris la mer pour le Brésil. Les Précepteurs pour camoufler la réelle raison de leur intérêt pour ce pays aux yeux des gouvernements, commerçaient depuis plusieurs années déjà, avec des marchands d'esclaves et des proxénètes comme Georgie. Ils justifiaient leur présence aux yeux des dirigeants, par le biais d'échanges commerciaux.

Mais les hommes et femmes de pouvoir ne sont pas dupes, ils savaient que si les Précepteurs traversaient la mer à répétitions pour se rendre au Brésil, c'est qu'ils y préparaient un mauvais coup. Cela resta de l'ordre de la suspicion, même avec des preuves, ceux qui connaissaient réellement les Précepteurs ne se risqueraient pas à les confronter.

Après avoir vaincu un immortel et son armée, tout en ayant en tête qu'ils allaient devoir faire face très prochainement à Siz leur créateur, l'heure était à la détente entre les deux batailles. Ces quelques jours en mer furent pour Joseph, les derniers jours pendant lesquels il pût se prélasser.

Profiter de plaisirs simples comme un savoureux repas concocter par les meilleurs cuisiniers. Les services de prostitués triés sur le volet. L'excellence de plusieurs spectacles réaliser avec brio. La douceur des levers et couchers de soleil, ou le son des vagues giflant la coque du navire. Le luxe de cette vie aurait presque fait de l'ombre aux esclaves qui croupissaient aux plus bas niveaux du navire. Des dizaines de cages d'acier longeant le navire de l'intérieur contenaient des centaines d'esclaves nègres. Seules quelques ouvertures sur la coque du navire laissaient passer la lumière, dans cet insalubre enfer qu'était le navire négrier des Précepteurs.

Les excréments et autres déchets corporels humaient une odeur nauséabonde, jamais les cellules des nègres n'avaient été nettoyées.

La chaleur et la poussière emmenaient insectes et maladies. Les fétides enclos dans lesquels voyageaient les esclaves, épargnaient très peu d'entre eux de la folie, la maladie ou la mort.

Comme si cela ne suffisait pas, les Précepteurs s'efforçaient de briser leurs prisonniers, pour mieux les réduire à l'état de loque. Ils n'avaient plus la volonté de se défendre, lutter, ou encore la force d'esprit nécessaire pour remettre en question quoi que ce soit.

Une fois brisé, un Homme perd sa volonté, moins il a de volonté, plus il se tient droit, cela les Précepteurs l'avaient très bien compris. Tous les esclaves abords du navire négrier n'étaient que des coquilles vident, attendant de savoir s'ils allaient connaitre la mort ou la lumière du jour.

Tous sauf « William », les besoins militaires de son village et les luttes incessantes de conquête avaient fait de William un enfant soldat, dès son plus jeune âge il connut le sang et la mort. Lorsque sa tribu perdit bataille, William et plusieurs des siens furent faits esclaves, avant d'être vendu aux Précepteurs contre des pacotilles.

Ne pouvant se résoudre à accepter sa condition d'esclave, voulant vivre et mourir en Homme libre, il brisa ses chaines. William rassembla le peu de force que les maigres rations de nourriture lui avaient laissé, pour s'échapper.

Sur un navire négrier, en plein océan Atlantique, les chances de réussite de William pour fuir étaient nulles. De plus, ce navire était celui des Précepteurs, même en déclenchant une émeute, les chances de victoire de dizaines d'esclaves auraient été négatives.

Le plus judicieux aurait été d'atteindre la terre ferme pour s'enfuir. Cependant, le but de William fut tout bonnement d'atteindre le pont, sauter à la mer et mourir. Sa famille, son village et jusqu'à sa liberté, tout lui a été pris, désormais ce que souhaitait William était la délivrance.

Les esclaves enfermés dans la cave ne s'agitaient même pas à la vue d'un des leurs en dehors de sa cellule, William pensa un court instant à ouvrir leurs cellules, mais cela aurait été une perte de temps, les nègres enchaînés n'avaient ni la force ni la volonté de se battre. William monta les escaliers pas à pas dans la peur de se faire attraper, en quelques minutes il atteignit le pont du navire, évitant avec succès le chemin des gardes. En franchissant la porte qui donnait accès au pont, William fut ébloui au point de ne pouvoir ouvrir les yeux, c'était la première fois depuis des jours qu'il vit le Soleil.

Après avoir retrouvé sa vue, il ne lui resta plus qu'à courir vers le bord du navire pour sauter. Lorsqu'il atteignit la tonture arrière, William s'arrêta et contempla l'océan pendant plusieurs minutes. Étrangement même là, William passa inaperçu, mais pas aux yeux de tout le monde.

— Tu comptes mettre fin à tes jours ? Si tu tardes trop, tu risques de te désister.

Sans émettre le moindre bruit, Joseph était arrivé dans le dos de William, alors qu'il contemplait l'horizon. La prestance du grand brun terrible n'effraya pas William, mais le rassura, car avant de se donner la mort, un exutoire était venu à lui.

— Pourquoi, homme blanc, prendre liberté ? demanda le jeune briseur de chaine, avec un air innocent.
— Tu parles notre langue, ou du moins essayes. répondit Joseph en posant ses coudes sur le bord du navire.
— Depuis que je suis enfant, on m'a toujours tout volé, pourquoi ?
— Tu es juste, une victime d'un système qui existe depuis des lustres, le cycle de la haine.
— Qu'est-ce qu'est cycle de haine ?

William reposa une nouvelle question avec l'innocence dont l'ignorance l'avait doué.

— Une chaine d'évènements dont le commencement est le plus souvent inconnu, en tout cas si l'on parle à grande échelle. On ne peut pas changer le passé, du moins pas encore. Dans la plupart des cas, c'est ce même passé qui influe sur nos vies. Alors en tant qu'Homme, tout ce que l'on peut faire face au passé, c'est en prendre conscience, malheureusement, tout le monde n'a pas accès à la connaissance. Et même en ayant la mémoire du passé et des erreurs qui ont engendré ce cycle de haine, beaucoup d'Hommes le perpétuent par intérêt. C'est mon cas à moi et ma famille.

— …

— Je suis navré, je me suis laissé un peu emporter.

Joseph parlait à William d'égal à égal, devant un coucher de soleil magnifiquement reflété sur l'océan. Plusieurs gardes et champions avaient déjà aperçu leur chef en compagnie d'un jeune esclave, ils ne se préoccupèrent cependant pas de la scène. Laissant à Joseph et William le calme, pour discuter.

— Pourquoi je suis dans… cycle… de haine ? demanda William.
— Tu as oublié un mot, eh bien pour toi ce cycle a commencé d'après *Louis de Jaucourt*, lorsque l'humain s'est donné un droit établi par sa force, le rendant tellement propre à un autre homme, qu'il est maitre de sa vie, ses biens et surtout de sa liberté.
— Pourquoi nous ?
— Tout est une question de rapport de forces, peut-être que si vous aviez eu l'armement et le vice nécessaire, alors c'est moi qui aujourd'hui serais fait esclave. Qui sait ? De toute façon l'histoire est déjà établie, aujourd'hui les jeux sont faits pour les siècles à venir.
— Je… pas comprendre…
— Disons juste que, c'est aux plus faibles de s'incliner. Je connais un Homme qui voulait unifier tous les peuples, afin que plus personne ne prenne la liberté de l'autre pour servir ses intérêts. Son plan était sûrement le bon, mais dommage pour toi je l'ai tué.
— Est-ce que c'est vraiment nécessaire, de prendre liberté ?

— Évidemment que non. Vos mains ne sont pas plus faites pour cultiver les champs ou construire les routes que les miennes. On a juste pu mettre des chaines aux vôtres, et cela change tout. Mais dis-moi, quel est ton nom esclave ?
— Simbi.
— Je suis Joseph Gates.

Joseph et Simbi discutèrent toute la nuit, l'esclave essayait de comprendre son funeste destin, tandis que le maitre écoutait et répondait tout simplement.

JOUR 1
13 mai 1888.

— Tu veux toujours sauter Simbi ? demanda Joseph, à l'aube.
— Oui, c'est mon dernier jour sur Terre.

CHAPITRE 11

Les pantins de Scornfull city

JOUR 1
13 mai 1888,
São Paulo, Brésil.

Les Précepteurs accostèrent dans une ville plus euphorique que d'habitude, l'esclavage venait d'être officiellement aboli au Brésil, dernier garant du concept. Cette nouvelle fut grandement fêtée par les nègres, aussi bien en ville que dans les senzala*. L'attribution d'ailes aux oiseaux bouleversa un des commerces les plus lucratifs des Précepteurs, qui avaient à plusieurs reprises déjà menacé la téméraire princesse *Isabelle*, pour qu'elle repousse d'une année l'abolition de l'esclavage.

(Toc-toc)

— Qui est-ce ? demanda la princesse *Isabelle*.

Elle pianotait tranquillement dans sa luxueuse suite, avant d'entendre quelqu'un frapper à la porte.

(Toc-toc)

Le visiteur qui frappait s'y reprit plus fort cette fois-ci, sans même avoir l'amabilité de répondre à la princesse.

— Il ne vous a peut-être pas entendu. Dois-je aller ouvrir ? demanda Kira, la garde du corps de la princesse.

Sa chevelure était mi-longue et très soigneuse, elle arborait de magnifiques cheveux blond-platine, dont l'éclat pouvait être sublimé uniquement à la lumière du jour. Plutôt grande de taille pour une femme, elle ne dépassait cependant pas le mètre quatre-vingt. Son visage et ses formes reflétaient bien toute la vitalité de la jeunesse. Kira avait à sa taille une magnifique épée, faite en teo-adversus. Cette matière conçue en secret par les Précepteurs, donnait aux objets une résistance et une brillance hors du commun.

— Oui s'il te plaît Kira. répondit la princesse, d'une voix mielleuse.

La jeune Kira vêtue d'une armure très légère et d'une jupe, s'exécuta. Lorsqu'elle ouvrit la porte, elle avait dû lever la tête pour voir le visage du visiteur. L'Homme qui frappait à la porte de la princesse *Isabelle* avec insolence n'était autre que Joseph, accompagné de Draco et Natasha, deux fidèles champions.

Kira dégaina aussitôt son épée pour trancher le visiteur intrusif, geste que Joseph anticipa et ne manqua pas de parer avec un bloc de teo-adversus brut qu'il tenait dans la main, pendant que Draco égorgeait un garde encore vivant. Un bruit d'os craquant retentit, la nuque du garde venait de se briser.

— Que fais-tu là Joseph ! s'exclama Kira, prise de stupeur par l'irruption des Précepteurs.

La princesse resta calmement assise derrière son piano, tandis que Draco ferma la porte pour plus d'intimité.

— Je me présente de nouveau à vous, princesse *Isabelle du Brésil*, je suis Joseph Gates. Ma famille a placé de nombreux investissements, pour garantir à votre pays un import régulier d'esclaves. Malheureusement, la loi que vous avez mise en place à notre insu, va générer des pertes colossales à la Gate's societie.
— Les choses sont déjà en place fils de Sam-Forest, on ne peut plus faire marche arrière. La Gate's societie comme tu dis, devra dorénavant se passer du commerce d'esclave. Je suppose que vous n'êtes pas ici pour une indemnisation. rétorqua avec calme la princesse, en jouant une légère touche de piano.
— Je sais, j'ai vu les nègres dans les rues en venant ici. répondit Joseph.
— Alors pourquoi êtes-vous ici ?! suivit Kira avec panique.

La générale Zeudream, avait eu une relation passionnelle avec Joseph, durant quelques mois où ce dernier était resté au Brésil. Le champion fréquentait la famille royale, tandis que ses troupes menaient des recherches à travers tout le pays pour trouver l'Homme qui sait tout.

Il courtisa la jeune Kira, naïve et devenue éperdument amoureuse. Cependant Joseph n'était pas un bon comédien, il ne put cacher éternellement son indifférence, le grand brun terrible souhaitait uniquement faire de Kira une championne, peu importe la méthode.

— Sachez mesdames, qu'il existe quatre règles chez Les Précepteurs, que nous appelons « Mento ». Le premier Mento est la domination, cette règle dit que nous devons toujours avoir la volonté, d'être au-dessus. s'exprima Joseph, en s'appuyant contre un mur.
— Le deuxième Mento est le secret, tous nos coups d'État, meurtre ou autres actions doivent se passer sous silence. La discrétion est une norme chez nous mes jolies. suivit Natasha.
— Le culte est le troisième Mento, il doit être su et appliqué de tous. Pour le commun des mortels, nous ne sommes qu'une secte richissime et adoratrice d'un Dieu méconnu. Mais nos croyances vont bien au-delà de ce simple préjugé. poursuivi Draco, d'une voix grave en lâchant la dépouille du défunt garde.
— Et enfin, le quatrième qui nous emmène ici est la punition. Nous devons punir tous ceux qui agissent contre notre volonté. En affranchissant les esclaves, vous êtes allé à l'encontre de...

Joseph n'eut le temps de finir sa phrase que Kira fonça sur lui, l'obligeant à dégainer son épée.

La jeune garde du corps hurla à la princesse de fuir, mais Natasha lui fit signe de ne pas bouger en pointant son pistolet sur elle. Draco, ne manqua pas de s'attaquer au plat de fruit qui était posé sur la table, démontrant sa sérénité et sa confiance envers son chef.

Kira attaqua Joseph de tous les angles possibles, mais le champion fit échouer chacune de ses tentatives. Le grand brun terrible s'amusa avec Kira avant de la désarmer d'un coup d'épée vif.

— Comment oses-tu revenir ici montrer ta sale gueule d'escroc Joseph ?! dit Kira avec agressivité, après avoir été tournée en ridicule.

— Voyons ma douce, pourquoi tant de haine ? Tu sais que je n'ai que de l'amour envers toi. répondit Joseph, avec sarcasme.
— Cesse de te moquer de moi ! Tu m'as fait me sentir spécial, tu m'as montré de nouvelles choses et fais vivre d'intenses moments. Mais tout ça ce n'était que par intérêt sale chien ! Et maintenant tu veux nuire à celle qui m'a élevé !
— Nous agissons tous par intérêt Kira, c'est ce qui nous guide dans nos actions. Je me fous complètement de tes états d'âme, un amour de jeunesse ça te passera.
— Enfoiré... lança Kira impuissante le regard rempli de colère.

Des bruits de pas se firent soudain entendre dans le couloir, à l'extérieur de la pièce.

— Draco ils sont combien ?! demanda hâtivement Natasha.
— J'entends environ dix hommes, ce qui signifie que l'alerte a été donné. répondit Draco.

Il avait une ouïe hors norme, lui conférant de très bonne aptitude d'éclaireur.

— Bon sang, mais comment ? Nous sommes pourtant entrés en toute discrétion ! s'exclama Natasha.

La championne Natasha détestait les imprévus et manquait cruellement de sang-froid.

— Du calme Natasha, on peut toujours se faire ceux qui arrivent et prendre la fuite. Mettez vos masques, il faut cacher nos visages ! ordonna Joseph.

Les champions mirent un masque en teo-adversus teint en couleur argent. Natasha avait un masque de hiboux, Draco de singe, tandis que Joseph en avait un représentant le tigre. Ce revêtement leur donnait un aspect très mystérieux et rappelait leur appartenance à une secte. Les champions n'avaient pas de tenue particulière, chacun était libre de se vêtir comme il le souhaitait. Aussi ils avaient la particularité de se battre avec des armes distinctes, et très souvent utilisables uniquement au corps à corps.

Natasha aimait la poudre à canon et les pistolets à silex, Draco avait un fusil dans son dos, mais l'utilisait qu'en cas de dernier recours, il préférait les poings. Joseph quant à lui ne jurait que par l'épée.

— C'est l'heure princesse, tu meurs et c'est tout, tu n'avais qu'à obéir, on est les Précepteurs bordel. dit Natasha, avant de tirer une balle dans la poitrine de la princesse.
— Non ! cria Kira, avant de se joindre au piano d'*Isabelle*.

La princesse regarda Kira droit dans les yeux en agonisant, elle avait le souffle coupé et la bouche remplie de sang. Dans ses yeux, Kira voyait la tristesse d'*Isabelle*, ne voulant pas partir, elle n'était pas prête pour ça. Les larmes de la princesse qui suffoquait coulèrent et se mélangèrent à son propre sang.

— Je, (kof) je ne veux pas mourir...

Isabelle avait transcendé la douleur pour dire ces mots, avant de périr avec les regrets d'une personne partie trop tôt. Natasha tira une nouvelle balle pour abattre Kira, elle fit mouche une seconde fois en plein dans la poitrine. Kira était au sol, gisant aux côtés de la princesse.

— Ouvrez ! dit l'un des gardes devant la porte, prêt à la faire défoncer.
— Qu'est-ce qu'on fait Joseph ? demanda Draco.
— C'est évident, on se les fait et on part d'ici. Natasha lorsqu'ils ouvrent la porte, tu tires sur le premier qui sort sa tête, Draco tu prends ceux à droite, je m'occupe de ceux à gauche. commanda Joseph, toujours avec la tête froide.
— Bien reçu ! dirent les deux champions.

Quelques instants de silence suivirent. Les champions se tenaient devant la porte, tandis que les gardes de l'autre côté devenaient un peu plus nombreux. Des coups de fusil sur la poignée retentirent, les gardes avaient ouvert la porte. Soudain, sans que personne ne s'y attende Kira planta Natasha dans le dos.

— Tu as baissé ta garde, il fallait viser la tête salope ! dit Kira, qui avait discrètement récupéré son épée jusqu'alors oubliée au sol.

Natasha utilisa ses dernières forces pour tirer à l'aveuglette derrière elle, malgré la lame de Kira encore plantée en elle. Pour la première et dernière fois dans sa vie, Natasha rata sa cible.

— Comment est-elle encore en vie, elle vient de se faire tirer dessus avec le pistolet de Natasha ! demanda Draco, à Joseph avec panique.
— C'est grâce à son armure, elle est en teo-adversus tout comme son épée. Ce sont tous deux des cadeaux datant du temps où nous étions ensemble ! Bon sang, c'est ma faute, j'ai oublié ce détail et ça a coûté la vie à Natasha !

La situation s'était retournée en faveur de Kira, elle se tenait derrière Draco et Joseph, tandis qu'une petite armée de garde barrait la seule sortie.

— Générale Kira, vous allez bien ?! s'exclama un des gardes.
— Oui ne vous en fait pas pour moi, je me suis pris une balle, mais ça ira l'impact m'a juste secoué un peu. Vous avez mis du temps à venir ! répondit Kira avec autorité.
— Désolé ma générale, nous avons fait aussi vite que possible dès que le signal d'alerte a été reçu. suivit le garde.
— Un signal d'alerte, quand est-ce que ? s'interrogea Joseph.
— Le piano que tu vois là est relié à l'entrée par le sol, il compte une touche en plus idiot ! Lorsque la princesse jouait du piano tout à l'heure, l'alerte a été donnée. Même toi tu ne pouvais prévoir un tel stratagème de sécurité. répondit Kira.
— Peu importe, je suis Joseph Gates. Draco occupe-toi de Kira, je vais me faire les gardes.

Même au travers de son masque, on sentait le changement d'état de Joseph, il était en colère et comptait bien le faire sentir avec son épée. Draco tira sur Kira, mais cette dernière réussie à prendre la fuite en sautant par la fenêtre, après avoir évité les coups de feu.

— Elle s'est enfuie Joseph ! Joseph ?! dit Draco.

Il n'avait pas pris plus de dix secondes pour prendre son fusil et tirer sur Kira. Pourtant lorsqu'il se retourna, tous les gardes qui barraient la route avaient été étripés en un éclair. L'armure du grand brun terrible et son masque étaient criblés de balles, et son épée teintée de sang.

— Partons d'ici, maintenant. répondit Joseph, en essuyant son épée avec les vêtements de l'une de ses victimes.
— Vraiment hors norme. commenta Draco, avant de partir avec son supérieur emmenant la dépouille de Natasha avec délicatesse sur ses épaules.

Les deux champions semèrent les gardes de l'hôtel aisément, l'heure qui suit, ils se trouvaient déjà sur leur navire amarré au port de São Paulo, où la mort de l'une des leurs était à déplorer. Tous les champions étaient sur le pont du navire, entourant leur défunte camarade. Aucun d'entre eux ne versa de larmes, mais tous chuchotaient l'un de leurs Mento.

« Punition »

Ce mot les champions le répétèrent à l'unisson pendant plus d'une minute. Comme pour demander des représailles, comme pour dire à Natasha qu'elle pouvait reposer en paix, car sa vengeance serait faite.

Deux heures après, les champions paradaient dans São Paulo l'air de rien, alors qu'ils venaient d'assassiner la princesse *Isabelle du Brésil*. Dont le meurtre n'avait pas encore été rendu public. Les Précepteurs se dirigèrent en troupe vers un luxueux hôtel, à l'opposé de celui de la famille royale. Tous ceux qui virent ce cortège ne pouvaient affirmer ne pas avoir été éblouis par tant de beauté. Les chevaux, les armes, les tenues et la prestance de tous les champions n'égalaient que l'atroce lueur du Soleil ce jour-là.

— Nous ne poursuivons pas Kira ? demanda le champion Kumalo.
— Pas pour le moment, attendons que Bao et Frida reviennent de Scornfull city avec la localisation du passage. On bougera après ça. répondit Joseph, du haut de sa robuste monture.

En paradant les champions ne prêtèrent pas attention à la foule, qui était composée majoritairement de nègres. Toutefois, le regard de Joseph croisa presque inévitablement, celui d'un jeune nègre avide de vérité tout comme lui. Leurs regards se suivirent pendant quelques instants, avant que le jeune nègre ne soit dérangé par son ami.

Cet homme avide de vérité n'était nul autre que Sengo accompagné de Cruz, qui aperçurent pour la première fois les champions de Joseph Gates.

JOUR 3
15 mai 1888,
São Paulo, Brésil.

Les champions s'étaient tous réunis dans une grande salle, où ils se prélassaient comme à leur habitude, attendant depuis presque deux jours que les ordres de mission tombent.

— Joseph je suis désolée !
— Frida calme-toi, qu'est-ce qu'il se passe ?

Frida venait de rentrer de sa mission à Scornfull city et fit irruption dans l'hôtel où se trouvaient tous les champions. La valkyrie était trempée, épuisée, avait les cheveux sales et empestait de la bouche, au premier coup d'œil on aurait dit une vagabonde. Mais c'était bien cette même Frida qui dans la matinée, affrontait Sengo, Xi et les autres.

Elle avait sur l'une de ses épaules Bao complètement inconscient. Le corps du samouraï était glacé, cela faisait déjà plusieurs heures qu'il était décédé de ses blessures. Frida était au bord des larmes, si elle avait appris quelques notions de médecine comme Bao lui avait toujours suggéré, elle aurait peut-être pu sauver son ami.

— Bao est mort ! dit Frida avec une voix tremblante, elle ne put contenir ses larmes plus longtemps et versa de lourds sanglots.
— Bon sang, qui a fait ça ? Qui a bien pu réussir à tuer Bao ?! s'écria Joseph, qui venait constater la mort de Bao.
— C'est Kira. . . répondit Frida.
— Kira ?! Mais comment ?! D'abord Natasha et maintenant Bao, quand est-ce qu'elle va payer ?! suivit le champion Vladmir.
— Elle n'était pas seule, deux nègres et deux Asiatiques l'accompagnaient, mais surtout ta petite sœur Joseph. dit Frida.
— Ellie ? Ellie est vivante ? répondit Joseph dont la joie s'étouffait par la tristesse de la perte de son compagnon.
— Oui et elle nous a trahis, tout s'est déroulé lorsque nous étions dans le temple de l'Ermite. . .

Frida expliqua toute l'histoire aux champions, sans omettre le moindre détail, à l'exception du fait qu'elle avait voulu tuer Ellie.

— Champions ! Prenez vos armes, on y va. Kira et ceux qui l'accompagnent mourront. Je veux ma petite sœur en vie, père décidera de son sort. Il est grand temps d'accomplir ce pour quoi nous sommes ici, direction l'Amazonie. s'exclama Joseph, avec détermination.

En pleine nuit les champions s'en allèrent pour Scornfull city. Il pleuvait à n'en plus finir, la marche silencieuse et pesante, reflétait parfaitement le tempérament inflexible de leur défunt camarade Bao.

Le lendemain à l'aube, les champions arrivèrent aux portes de la ville de la tolérance. . .

JOUR 4
16 mai 1888,
Scornfull city, Brésil.

Le vieil aveugle était toujours présent à l'entrée de la ville, il ne souhaita pas la bienvenue aux champions et se contenta, de sourire.

La ville étant récente, peu de bâtiments avaient plusieurs étages, la majorité étaient des logements, ou de petits commerces. La lumière orangée du Soleil, alimentait les couleurs des tuiles, des petits domiciles de Scornfull city. Lorsque Joseph et ses troupes entrèrent dans Scornfull city, une chose surnaturelle se déroula devant leurs yeux. Ce que virent les champions était complètement fou et si apeurant, qu'ils arrêtèrent leurs montures.

Les habitants de Scornfull city s'étaient tous alignés de part et d'autre dans la grande avenue, qui formait un axe avec une autre route un peu plus loin. Tous avaient un sourire large et pointaient d'un doigt, la direction du nord-ouest. Femmes, hommes et enfants participaient au spectacle, ils semblaient ne former qu'un seul être, on aurait dit que la ville entière s'était arrêtée pour eux...

— Est-ce leur façon d'accueillir des étrangers ici Frida ? demanda Yuri.
— On dirait qu'ils sont possédés, cette ville est maudite. ajouta Draco.
— C'est l'œuvre de Siz, il nous guide, allons-y. fit Joseph, avec conviction.

Les champions avancèrent silencieusement sur la grande avenue. Entourés des pantins de Scornfull city qui leurs montraient le chemin, vers le passage de l'Inframonde...

CHAPITRE 12

L'aventurier d'or & d'argent

JOUR 9
20 mai 1888,
quelque part au Brésil.

« Il était une fois un riche et puissant homme. Il possédait de nombreuses terres et le respect des plus grands de ce monde. Son domaine s'étendait à l'horizon tel un paradis, sa noblesse n'avait d'égale que la toute beauté de son épouse.

Cet homme était un grand aventurier malgré ses obligations. L'Aventure lui avait toujours fait découvrir le monde, avec des perspectives nouvelles. C'est alors qu'en l'an 1500, l'Aventure l'emmena au plus bas niveau de ruines égyptiennes, où il fit une découverte. Cet homme vit ce que l'Aventure ne put jamais lui faire voir de mieux.

Il découvrit le passage vers l'Inframonde.

D'après ses dires, il s'agissait d'une sorte de miroir, mais qui ne reflétait pas. De mystérieuses couleurs, formes et êtres vivants étaient visibles à l'intérieur du miroir. De peur il choisit de ne pas entrer dans ce miroir seul.

Le lendemain l'aventurier était revenu avec une dizaine d'hommes, mais le passage avait disparu. Ses hommes le prirent alors pour un fou, mais l'aventurier était sûr de ce qu'il avait vu. Dans la même année, il usa de tout son or et son argent pour fonder la plus puissante des sectes, les Précepteurs. »

— Donc votre culte repose, sur la seule supposition qu'un homme a vu quelque chose ? disais-je, après avoir fini d'écouter Ellie.
— Cet homme est Pedro Gates mon ancêtre Sengo. C'est vrai que notre culte est qualifiable de religion créée d'a à z. Mais le cœur même de notre croyance réside dans le fait qu'il y a bel et bien un autre monde et notre devoir est de le trouver. Puisque ce passage peut être n'importe où, les Précepteurs mettent depuis des siècles

des sommes inimaginables dans l'exploration, d'où l'intérêt de nos nombreux commerces et contrôles sur les états et leurs économies. L'aventure est le crédo même des Précepteurs. répondit Ellie.
— Alors à quoi servent vos prières, vos Divitiaes, et toute cette mise en scène Ellie ?
— Mon frère m'a un jour dit qu'il nous fallait des fidèles, des gens capables de défendre nos intérêts sectaires, sans remettre en question leurs agissements. Le culte est le meilleur moyen pour ça.
— Voilà pourquoi la religion et moi ce n'est pas trop ça. Un concept créé par l'Homme comme celui-là a forcément un côté vicieux.
— Peut-être bien Sengo, je pense qu'il y a de très bonnes choses dans la religion, mais également des aspects moins joyeux.
— C'est sûrement vrai, au fait Ellie, tu aimes aussi les hommes ?

Elle avait rougi lorsque je lui demandais cela, la rendant encore plus mignonne qu'elle ne l'était déjà.

— C'est-à-dire que. . . Avant de commencer à me prostituer, je pensais aimer uniquement les femmes. Mais avec quelques expériences, je me suis aperçue que j'aimais aussi les hommes. Pourquoi cette question Sengo ?
— Euh, pour rien, pour rien ! Juste par curiosité.

Nous marchions en groupe en direction de l'Amazonie, il faisait chaud, très chaud. Si chaud que Jet et Cruz avaient enlevé leur haut. Xi et Ellie s'étaient-elles aussi un peu dévêtues, laissant un peu plus paraître leurs opulentes poitrines. Cruz et moi avions beaucoup de mal à ne pas y jeter quelques regards. Kira n'avait pas enlevé son armure, la chaleur n'avait pas l'air de la faire broncher. Cruz et Jet étaient en train de s'amuser à l'avant, tandis que Xi faisait cavalière seule derrière. Kira s'approcha soudainement d'Ellie et lui adressa la parole pour la première fois depuis la fuite de Frida.

— Que l'on soit bien clair, je vais tuer ton frère. dit Kira, d'un air sérieux et prompt.

— Si tu penses réellement en être capable, alors je n'y vois pas d'inconvénients ma générale.

Ellie avait répondu à Kira avec tellement de sérénité et de sarcasme, que s'en était arrogant. C'était aussi à se demander dans quel camp elle se mettra le moment venu...

— Oï minna* ! Il y a un village droit devant ! s'écria Jet, en nous faisant signe.
— Un village ici ? s'exclama Xi, très surprise.
— Il ne figure pas sur la carte, étrange. disais-je, en scrutant l'horizon.

À vue d'œil et au nombre de maisons, il devait y avoir environ trois cents habitants, dans ce village tout juste à l'entrée de l'Amazonie. Les toits étaient faits de pailles et les fenêtres n'avaient aucune vitre, toutes les maisons étaient faites en bois. Certaines avaient la particularité d'avoir pied dans l'eau.

— Les habitants de ce village connaissent sûrement très bien la forêt. disais-je, en me touchant le menton du bout des doigts.
— J'imagine ouais. Tu proposes quoi Sengo ? répondit Cruz, qui s'était revêtit.
— Les Précepteurs ont dû prendre un autre itinéraire que le nôtre, sinon avec leurs chevaux, ils nous auraient déjà rattrapés en plusieurs jours de marche. Mais cela n'exclut pas non plus la possibilité qu'ils soient déjà devant nous, il faut faire au plus vite. On trouve quelqu'un qui peut nous guider en échange d'une partie de notre or, ça nous fera gagner un temps précieux. suivis-je.
— S'aventurer en forêt de nuit est bien trop périlleux et puis nous sommes tous épuisés par toutes ces journées de marche. Trouvons plutôt une auberge où passer la nuit. commenta Xi.
— Xi a raison, cependant l'idéal serait d'avancer le plus possible, et bivouaquer en forêt une fois la nuit tombée. répondit Kira.
— L'idéal aurait été que nous soyons tous restés loin de toute cette merde oui. ajouta Cruz.

— Pour le moment trouvons ce guide, on ne sait pas combien de temps ça nous prendra, on agira en fonction de cela. Et je sais pas vous, mais l'idée de dormir une nouvelle fois dans une auberge ne m'enchante pas du tout. suivis-je.

Nous nous étions séparés en deux groupes pour nos recherches, Xi était avec moi et Ellie. Tandis que Jet, Cruz et Kira effectuaient leurs recherches de leur côté.

Ce petit village avait un sol terriblement humide, il était vrai de constater qu'il ne faisait qu'un avec la luxuriante forêt amazonienne.

Les habitants y vivaient paisiblement et modestement, au rythme de la nature et de leurs traditions. On les appelait des caboclos*, une tribu qui peuple l'Amazonie depuis des décennies. Ils vivaient de la chasse, de la pêche, la cueillette et de leur agriculture. Loin de toute l'industrialisation, la société et les problèmes qui vont avec.

Le manque de confort et de sécurité ne leur faisait pas défaut. Vivre de peu et s'en contenter, peut-être était-ce là une des clés du bonheur.

— Eh vous là-bas ! Qui êtes-vous ?

Un jeune adulte nous interpela, il était costaud et plutôt grand, à sa carrure et la lance qu'il avait en main, on devinait que c'était un guerrier. Son crâne était rasé, ses pectoraux, ses joues et ses bras avaient des dessins de peinture rouge, comme une grande partie des caboclos du village. Il était vêtu uniquement d'un cache-sexe en feuilles, avec à sa taille une ceinture habilement faite de petites pierres taillées.

— Je m'appelle Sengo, je suis un simple aventurier. Nous ne sommes pas là pour causer des ennuis, nous voudrions rencontrer le chef de ce village afin de lui demander une faveur.
— Ah oui et que voulez-vous ? répondit le caboclo.
— Nous aimerions nous rendre au centre de l'Amazonie, mais pour cela nous aurions besoin d'un guide.

Tandis que je lui parlais, le caboclo regarda d'un petit air pervers Ellie et Xi qui ne s'étaient pas encore revêtus, son cache-sexe en feuille eut bien du mal à dissimuler la tempête. Les deux jeunes femmes furent très embarrassées de la situation.

— Je vais vous conduire jusqu'à Paco notre chef, mon nom est Bly.

Il répondit d'un ton autoritaire pour ne pas perdre la face, alors que nous avions tous été témoins de sa perversion. Mais comment lui en vouloir, les traits particuliers de Xi faisaient d'elle une rare beauté et Ellie était tout simplement sublime. Voir ces deux jeunes femmes, les seins presque à l'air, ne pouvait pas laisser de marbre.

— Merci Bly on va te suivre, nous avons trois autres compagnons qui sont partis dans la direction opposée. répondit Xi.
— J'enverrais des hommes les chercher femme. suivit Bly.

« J'espère que Kira se laissera guider sans faire de grabuge. »

Cette petite pensée nous avait tous traversé l'esprit. Bly nous conduisit à son chef. Sa maison était tout aussi modeste que les autres, pas de subliminal pour montrer son autorité auprès de son peuple.

En entrant, je sentis une odeur d'encens et de feuilles brûlées, deux femmes se tenaient aux côtés du chef, qui à première vue était un faible vieillard. Elles n'avaient pas l'air d'être ses épouses, mais d'uniquement s'occuper de lui. En voyant leur chef si chétif et au besoin de se faire aider, je ressentis du dégoût. Mais mon regard condescendant n'échappa pas au vieil homme.

— J'ai l'air pitoyable aussi fragile n'est-ce pas ?

Le chef m'adressa ces mots avec familiarité, en convient à moi, Xi et Ellie de nous assoir. Bly quant à lui resta debout devant la porte d'entrée, la lance fermement en main.

— Qu'avez-vous ? Euh . . . répondit Ellie au chef d'une voix compatissante, sans savoir comment s'adresser à lui.

— Appelle-moi juste Paco, doyen et chef de ce village sans nom. Pour te répondre jeune fille, la maladie a ravagé pendant longtemps ce village autrefois grand et prospère. Cette maladie qui a tant fait souffrir notre peuple, arriva en même temps que les étrangers sur nos terres. Les plus anciens n'y ont pas survécu, cette terrible épidémie a cessé de se propager lorsqu'elle n'eut plus assez de personnes vulnérables pour se répandre. Je suis malheureusement l'un d'entre eux, la maladie m'emportera bientôt.

— Doyen Paco, ne perdez pas espoir, les bonnes choses vont aux bonnes personnes. Et vous êtes encore là, peut-être est-ce pour quelques années encore. compatit Xi.

Je restai silencieux, ce qui pourrait sortir de ma bouche n'aurait pas été bénéfique. Je n'aimais pas vraiment les vieux, ils représentaient pour moi l'incarnation de l'injustice que la vie et le temps ont imposée. Nous sommes tous condamnés à affronter notre fin, à voir nos forces partir, notre santé diminuer, notre vulnérabilité s'accroître. Tout ça en prévision d'une mort que l'on attend. Cette fin-là, moi je n'en voulais pas, j'en avais même peur au point de ressentir une forme de dégoût envers les personnes âgées.

— Trêve de bavardage, votre temps est plus précieux que le mien. Que voulez-vous ? demanda Paco.
— Nous voulons aller au centre de l'Amazonie, mais pour ça on a besoin d'un guide. Nous avons tout l'or qu'il faut pour louer les services d'un homme à cet effet. répondis-je.
— Le centre de l'Amazonie ? Seriez-vous à la recherche de l'Inframonde ?
— !!!

CHAPITRE 13

Bly-Wolf souvenirs

— L'inframonde ? Qu'est-ce que c'est ? dit Xi.

Elle essaya de feinter le vieux, en faisant genre de ne pas savoir de quoi il s'agissait.

— Oh, excusez-moi alors je me suis égaré. répondit Paco.

Le vieillard chétif et malade ne suivit pas, il avait sûrement compris. Il commençait même à rapidement changer de sujet.

— C'est bon Xi, nous ne sommes pas là pour jouer aux devinettes. Oui c'est l'Inframonde que nous cherchons, nous savons que le passage se trouve au centre de l'Amazonie, c'est pour ça que l'on veut s'y rendre. répondis-je rapidement, avant que Xi ne nous enfonce un peu plus dans le mensonge.
— Eh bien, en voilà un qui connait ses priorités. répondit Paco, avec un petit sourire en coin.
— Je me présente je suis Sengo, ancien esclave dans les mines de la famille Davidson, aujourd'hui je suis un simple aventurier. Doyen Paco, comment connaissez-vous l'Inframonde ?

Cruz, Jet et Kira venaient d'arriver dans la maison du doyen, ils s'étaient fait escorter par deux guerriers, l'un d'eux avait un bleu sur la joue. Nos compagnons s'assirent à nos côtés, pour écouter la parole du doyen.

— C'était il y a de ça plusieurs décennies, en l'an 1800. Je n'avais alors que 7 ans, quand d'étranges phénomènes ont commencé à se manifester dans la forêt. Plus l'on se rapprochait du centre de la forêt, plus ces phénomènes s'intensifiaient. Quand j'eus mes 16 ans, mon prédécesseur, l'ancien doyen me demanda d'aller à Scornfull city. Là-bas je devais trouver un homme que l'on nomme l'Ermite, pour l'informer de ce qui se passe dans notre forêt. Je l'avais gracieusement payé en or en échange d'explications. Quand je lui ai donné quelques exemples de phénomènes, il comprit tout de suite qu'il s'agissait de l'Inframonde.
— Quels genres de phénomènes ? demanda Cruz.

— Ce détail n'a pas dû vous échapper, mais nous parlons tous votre langue. Du jour au lendemain, tous les villageois se sont mis à parler portugais et anglais. Mais ce n'est pas tout, beaucoup d'entre nous ont connaissance de choses, qui ne semblent pas s'être déjà produites. Mais également de choses qui se sont déroulées des décennies, souvent même des siècles en arrière. Ces souvenirs nous sont en mémoire, de façon bien trop précise et semblent appartenir à d'autres gens. répondit Paco.

— Des souvenirs d'autres gens ?! s'exclama Jet.

— Ici lorsque quelqu'un a ce genre de souvenir, on dit qu'il a eu un « kanda ». Nous avons pour tradition de nous raconter nos kanda autour d'un feu lorsque la nuit tombe. L'un de mes neveux a un jour eu les souvenirs d'un fabricant de vêtements du futur, aujourd'hui il est à São Paulo là où il a monté sa petite affaire. Ce n'est pas le seul dans ce cas. Il n'est pas rare que certains souvenirs qui nous parviennent en tête nous apprennent à fabriquer de nouvelles choses. Mais les phénomènes étranges ne s'arrêtent pas là... suivit Paco.

— Et vous pensez qu'on va croire à tout ça ? interrompit Xi.

— Il dit la vérité j'en suis sûr, tout s'explique maintenant, le couturier que Cruz et moi avions rencontré à São Paulo, vient en fait de ce village ! suivais-je, avec un air ébahit.

— Alors cela explique vos accoutrements étranges, c'est donc comme ça que s'habillent les gens dans le futur. dit Ellie.

— Il y a d'autres phénomènes ? suivit Kira.

Lorsqu'elle prit la parole, le garde avec un bleu fit une grimace.

— Vous verrez par vous-même en vous aventurant dans la forêt. Bly mon petit-fils va vous accompagner, il connait très bien l'Amazonie et ses dangers. En échange, vous laisserez tout votre or ici, ça vous convient ? demanda Paco.

— Tout notre or ?! s'exclama Xi.

— C'est d'accord. suivis-je.

— Nous avons assez d'or pour vivre la belle vie, mais là où nous allons il ne nous sera d'aucune utilité de toute façon Xi. dit Ellie.

— Votre trésor va énormément contribuer au village. Quand souhaitez-vous partir Sengo ? répondit le doyen, presque tenté de se frotter les mains.
— Maintenant.
— Très bien, mais je préfère vous mettre en garde. Plus vous vous approcherez du passage, plus les phénomènes s'intensifieront. Vous verrez et sentirez des choses bien au-delà de votre imagination. . .

Après nous être déchargés de l'or volé chez l'Ermite, il ne nous restait plus qu'à reprendre la route avec Bly. La nuit allait bientôt tomber, à peine entré en forêt, les bruits d'animaux sauvages se firent entendre. L'Amazonie était fidèle à sa réputation, il y avait de la végétation absolument partout. D'innombrables insectes étaient visibles juste sous nos pieds, en tournant la tête je vis brièvement un anaconda remonter la rivière. Ellie et Jet passaient leur temps à regarder en l'air, de peur qu'une bête ne leur tombe dessus. Mais nous étions ensemble, l'effet de groupe et la présence de Bly renforçaient le sentiment de sécurité.

Bly se déplaçait aisément, il avait manifestement l'habitude. Finalement après quelques heures de marche, nous nous arrêtâmes dans une clairière la nuit tombée pour bivouaquer. Le ciel ne mit pas longtemps à s'assombrir, la Lune était pleine ce soir-là. Notre feu pris plus longtemps à prendre que prévu, faute à l'humidité et au manque de bois secs.

— Bly-san raconte nous tes kanda ! C'est votre tradition de le faire la nuit autour d'un feu non ? demanda Jet.

Il avait les yeux bridés des asiatiques, un bandeau blanc, ses lèvres étaient fines et ses longs cheveux d'un noir profond. Jet était malgré son âge à peine plus petit que moi, j'aimais bien ce petit, il était respectueux et contrairement à sa sœur très sociable. De plus il nous avait déjà sauvé la mise à Scornfull city.

— Mes kanda ? Eh bien, lorsque j'étais enfant, un souvenir m'est parvenu, je voyais notre forêt amazonienne brûlée. Des milliers et des milliers d'arbres brûlaient, j'avais une vue depuis le ciel, j'ai pensé alors que c'était le souvenir d'un oiseau. Mais aucune autre personne du village n'a eu les souvenirs d'un animal. Que mon cas soit unique serait bien étrange, peut-être y aura-t-il des humains capables de voler dans l'avenir. dit Bly.

— Un incendie capable de brûler cette forêt sérieusement Bly ? J'ai du mal à y croire. répondit Kira en rigolant, l'atmosphère l'avait détendu elle qui était habituellement nerveuse et sur ses gardes d'habitude.

Bly ne s'arrêta pas là et nous raconta des tas d'autres souvenirs à en faire rêver, on aurait dit qu'il était soûl tellement certains paraissaient délirants.

Il avait fait mention d'un homme nommé Hitler qui allait engendrer un génocide au cœur de l'Europe. Bly disait aussi avoir vu la table de Jésus, le jour où la trahison de Juda avait été révélée, sans savoir du point de vue de quel apôtre. Il avait aussi récemment assisté à l'assassinat d'un homme avec des cheveux arc-en-ciel et le chiffre 69 tatoué partout sur son corps. Mais ce n'était pas tout, un souvenir lui avait montré que plus tard les nègres s'étaient intégrés dans la société, l'un deviendra même le président des États-Unis. Il nous a même dit qu'un jour un Homme marchera sur la Lune, nous avions tous ri aux éclats en entendant cela.

Je ne vis pas le temps passé en écoutant les kanda de Bly, il fit nuit noire d'un instant à l'autre tant Bly racontait si bien. Jet et Ellie s'étaient déjà endormis depuis bien longtemps, le reste du groupe et moi-même ne tardions pas à tomber dans les bras de Morphée.

— WAAAAAAAAAW !

Cruz qui était de garde poussa un cri, réveillant tout le monde au beau milieu de la nuit.

— Qu'est-ce qu'il y a Cruz pourquoi tu... AHHHHHHHH ! hurla Xi encore plus fort.

J'eux le réflexe de saisir mon fusil, il ne semblait pas être le mien. Mais sur le coup, je n'y prêtai pas plus attention, car ce que je vis était tout bonnement stupéfiant.

— Bly calme-toi, respire, mais surtout calme-toi ! dit Kira, qui avait déjà pris son épée.
— Grrrrrr...

Bly, ou du moins cette chose poussa un grognement de bête sauvage. Une queue lui avait poussé, des poils lui sortaient de partout, son museau s'allongeait à mesure que sa tête changeait de forme, il prit en quelques secondes presque un mètre. Des griffes assez grandes pour lacérer le plus robuste des buffles lui avaient poussé aux pattes. D'incroyables crocs pointus et dissuadant lui poussèrent aussi.

Nous étions tous pétrifiés en voyant le monstre qui prenait forme devant nos yeux. Plus sa métamorphose avançait, plus l'envie de fuite devint intense. Lorsque sa métamorphose fut achevée, Bly posa un regard sur nous. Il nous fallut voir toute l'animosité de ce regard de mort, pour ne plus réfléchir et prendre la fuite.

— COUREZ ! s'écria Cruz, fuyant le premier.

Xi et Kira le suivirent, je pris la main d'Ellie encore pétrifiée de peur, pour fuir avec elle et Jet dans une autre direction.

— AHOUUUUUU ! Bly poussa un cri de loup, avant de prendre en chasse mon groupe.
— Courez plus vite il nous rattrape ! disais-je, à Jet et Ellie qui avaient du mal à me suivre.
— Qu'est-ce qui lui est arrivé Sengo-san ? demanda Jet en panique.

— Je ne sais pas Jet, économise ton souffle et cours ! répondis-je.
— Sa transformation en lycanthrope est sûrement due aux autres phénomènes auxquelles faisait allusion le doyen ! suivit Ellie.

Le Bly-Wolf ne tarda pas à vite nous rattraper, il était bien trop difficile de courir dans la forêt amazonienne de nuit. Il bondit sur Ellie, pour tenter de lui arracher je ne sais quelle partie du corps, avec ses griffes longues et acérées. Par miracle Ellie était parvenue à esquiver le premier coup. Comme lorsqu'une blatte parvient à éviter la chaussure une première fois, l'écart de force entre le Bly-Wolf et nous était absolu. Jet dégaina le pistolet de référence française qu'il avait trouvé chez l'Ermite, et tira dans le dos du lycanthrope sans succès.

— Seules les lames et les balles en argent peuvent réellement blesser un lycanthrope ! s'exclama Ellie, rongée par la peur, elle semblait vivre ses derniers instants.
— On n'a pas ça sous la main alors on va faire avec ! Continue de faire feu Jet ! disais-je, en pressant la détente de mon fusil.

Cependant, les balles qui jaillirent de mon fusil étaient lumineuses, on aurait dit un feu vert, mais qui était en fait de la lumière. Aussi il n'y avait pas de détonation, mais une sorte de sifflement. Je pris quelques précieuses secondes pour regarder mon fusil.

Je compris alors que ce n'était pas celui que j'avais arraché des mains de Georgie, à Scornfull city. Mais un fusil d'un autre temps, la mensuration « MARK LASER III » était inscrite sur la poignée de mon fusil.

— Il saigne ?! dit Ellie, surprise que mes tirs aient fait effet.

Le Bly-Wolf prit la fuite dans la noirceur de la forêt, avec une blessure à l'épaule. Nous venions encore d'échapper à la mort de justesse, mais cette fois-ci c'était bien trop juste. J'ignorais jusqu'où le reste du groupe avait cavalé, il faisait nuit noire et notre guide s'était transformé en monstre. La potentielle présence des Précepteurs dans la forêt n'était pas à négliger non plus.

C'était clairement la merde.

JOUR 10
21 mai 1888, 2 heures du matin,
Amazonie.

Les champions s'étaient aussi engouffrés dans l'immensité de l'Amazonie il y a déjà de cela plusieurs heures, ils avaient monté leur campement dans une clairière pour y passer la nuit, à l'instar de Sengo et ses compagnons.

— Réveillez-vous ! Il y a quelque chose qui fonce sur nous à grande vitesse ! C'est dangereux. . . dit Draco, qui était de garde, son excellente ouïe l'avait d'office désigné pour cette tâche.

Quelques secondes après, le Bly-Wolf surgit des ténèbres de la forêt, il avait déferlé avec une vitesse fulgurante sur l'escadron de Joseph, qui se trouvait tout de même à bonne distance du groupe de Sengo. Distance assez bonne pour que des coups de feu passent inaperçu aux oreilles de Draco, mais pas assez pour l'odorat surdéveloppé du lycanthrope. Le Bly-Wolf s'attaqua en premier à Vladmir en lui tranchant la gorge d'un vif coup de griffe. Le pauvre russe n'avait même pas eu le temps de voir sa mort arrivée, que sa tête baignait à terre dans son propre sang. Le lycanthrope sauta ensuite tête la première sur Joseph, pour tenter de le lacérer avec ses crocs. Le grand brun terrible plein de ressources, esquiva en se baissant, avant de repousser son assaillant du plat de son épée.

En voyant la scène, les quelques champions qui n'avaient pas saisi l'importance du signal de Draco, prirent leurs armes et n'hésitèrent pas à ouvrir le feu sur la monstrueuse créature. Dans une grande clairière remplie de champions, on aurait pu croire que le Bly-Wolf était cerné, et que Les Précepteurs allaient en faire qu'une bouchée. Mais aux premiers coups de feu, le monstre ne vacilla pas, il fut même encore plus enragé.

— Mes balles n'ont aucun effet sur lui ! s'écria la championne Kenna, cadette du groupe.

Venant du clan Page issu de la Jamaïque, elle utilisait deux Colt London de calibre 36, tirant chacun des balles en teo-adversus. Kenna avait pour réputation de dégainer plus vite que n'importe qui. Son entrée en scène dans le projet de conquête de l'Inframonde, fit l'objet de comparaison sur le maniement des armes à feu entre elle et la défunte Natasha.

— Cessez-le-feu ! ordonna Frida aux autres champions.

Elle voulait le champ libre pour attaquer le Bly-Wolf avec ses armes en teo-adversus, Kumalo suivit la valkyrie dans son élan. Le lycanthrope tenta de griffer Frida, mais cette dernière bondit pour éviter, avant de donner un coup de marteau sur la tête du Bly-Wolf. Kumalo profita de l'ouverture pour faire trébucher le Bly-Wolf avec sa lance. Le lycanthrope même à terre resta féroce et imprenable, il éloigna Kumalo d'un coup de patte avant de se relever. Frida qui était dans le dos du Bly-Wolf repartit à l'attaque, elle visa l'une des pattes avec sa hache pour la trancher, mais sans succès. Les lames tout comme les balles n'avaient pas d'effet sur le lycanthrope.

— Putain ! Fais chier ! Mais d'où sort cette chose ! gueula Yuri, qui commençait à perdre son sang-froid.
— Qu'est-ce qu'on fait Joseph ? demanda le fidèle Draco.
— Il est fort, au point de pouvoir tous nous anéantir ici même. Nos armes sont inefficaces et on n'a ni balle ni lame en argent pour tuer ce lycanthrope. répondit Joseph.
— Joseph, dis-moi que tu as un plan. dit Draco, avec un soupçon d'inquiétude.
— Il va falloir le contenir jusqu'au lever du jour. Je ne garantis en rien la survie de l'un d'entre nous. . . suivit Joseph.

21 mai 1888, 3 heures du matin,
Amazonie.

— Cruz-san ! Kira-san ! Onēchan* ! cria Jet, dans la noirceur de la nuit.

Il meuglait le nom de sa sœur et de ses compagnons, disparus après la métamorphose de Bly en lycanthrope.

— Laisse tomber Jet, s'ils pouvaient nous entendre on aurait déjà eu une réponse. dit Ellie.
— Si on tire des coups de feu pour indiquer notre position, on risque d'alerter les Précepteurs, ils ne doivent pas être bien loin. ajouta Sengo.
— J'imagine que de leur côté ils ont pensé à la même chose. répondit Ellie.
— Il reste quelques heures avant que le Soleil se lève, gardons nos sens bien en éveil en attendant. suivit Sengo avec autorité.

Jet saisi un long bois mort bien sec et y enroula son haut au bout, il y mit ensuite le feu avec une allumette pour faire une torche, Sengo en fit de même avec son t-shirt. Ensemble les trois compagnons avancèrent prudemment, à la recherche d'une nouvelle clairière. Ellie aperçu quelque chose pour le moins étrange, Sengo et Jet s'arrêtèrent et orientèrent leurs torches dans la direction vers laquelle regardait Ellie. La matière d'un arbre semblait s'altérer avec autre chose, l'arbre se tordait, des parties disparaissaient puis réapparaissaient. D'un seul coup, l'arbre dispara, Sengo s'approcha et constata que l'arbre avait été échangé avec autre chose.

Il s'agissait d'une rose, en la ramassant Sengo s'aperçut qu'elle était faite en métal. La lumière des torches se reflétait sur la rose métallique, la faisant briller de mille feux.

— Tiens c'est pour toi Ellie. dit Sengo, qui donna la rose métallique à Ellie, sous le regard passif de Jet.
— Euh. . . Merci Sengo. répondit Ellie.

Elle était surprise et gênée, l'obscurité cachait le changement de couleur de ses joues, mais sa voix hésitante ne démentait pas, Sengo lui faisait de l'effet et elle n'avait pas été indifférente à son attention.

— Les effets du passage de l'Inframonde sont vraiment incroyables, de la mémoire des habitants du village à la métamorphose de Bly, en passant par le changement des objets et même des êtres vivants ! Tout peut se modifier d'un instant à l'autre, mais mis à part pour ton fusil Sengo-san, je ne vois aucun lien entre l'origine et le changement ! dit Jet, tout excité en regardant la rose d'Ellie.
— On dirait bien que le passage de l'Inframonde modifie la réalité de façon aléatoire. Si c'est vraiment le cas, on peut dire que j'ai eu une chance inouïe avec mon fusil. répondit Sengo
— Alors même rester sur nos gardes ne sert à rien, tout peut nous arriver et à n'importe quel moment. suivit Ellie avec anxiété.

Le petit groupe de trois trouva finalement une clairière un peu plus loin dans la forêt. Il ne fallut pas longtemps à Jet pour se rendormir au pied d'un arbre. Ellie et Sengo étaient côte à côte, veillant sur leur jeune camarade.

— Si tu devais répondre à Cruz, ça serait quoi pour toi l'amour ? demanda intimement Ellie à Sengo en regardant sa rose, toujours illuminée par les torches plantées au sol à bonne distance.
— Je n'ai pas vraiment de réponse à ça, mais je pense savoir ce qui fait qu'une fille tombe amoureuse.
— Quoi donc ?
— Vous voulez vivre des choses, et je pense que celui ou celle qui vous sort de votre routine, la personne qui réalise vos rêves et vos fantasmes, se fait rapidement une place dans votre cœur. Je pense que vous tombez amoureuses de ce qu'une personne vous fait vivre et de la manière dont elle vous traite. Et lorsque vous arrêtez de vivre des choses, eh bien l'amour s'estompe.
— Je me demande si je serai un jour en mesure d'aimer réellement quelqu'un.

— Est-ce que je te fais vivre des choses Ellie ?

Avant de donner sa réponse, Ellie fixa Sengo avec des yeux passionnés, comme si elle eut un coup de foudre pour lui.

— Oui Sengo.

Sengo embrassa tendrement Ellie, devant l'innocence de Jet qui sommeillait, sous la luisante lune de cette nuit interminable.

21 mai 1888, 7 heures du matin,
Amazonie.

Il faisait désormais jour et la forêt reprit son activité petit à petit, aux chants des oiseaux et aux bruits des animaux sauvages. . .

— À côté affronter Shaka et son armée était un jeu d'enfant. dit Kayla, essoufflée et blessée.
— Fais attention à ce que tu dis, si c'était un jeu d'enfant Tooms, Marco et Janae n'y seraient pas restés. répondit Frida.
— C'est quoi ces conneries ! Le journal de Pedro Gates faisait référence à des phénomènes étranges lorsqu'il avait découvert le passage, mais pas d'un putain de lycanthrope ! hurla Yuri, en frappant la dépouille de Bly, qui avait repris forme humaine.
— Sae-Jin, Draco, Vladmir, Maximus et Gania y sont restés. Fait chier, on a même pas atteint l'Inframonde que nous ne sommes plus que neuf sur vingt, ce n'était vraiment pas prévu. ajouta le champion Georges.

Les champions avaient combattu le Bly-Wolf toute la nuit, attendant avec patience le levé du jour, en minimisant le plus possible les pertes. Lorsque Bly avait repris sa forme humaine, tous les champions encore debout le massacrèrent.— Un détail m'intrigue, lorsque ce monstre a bondi sur moi après avoir égorgé Vladmir, j'ai remarqué qu'il était blessé. Du sang avait coulé sur ma cape, sa blessure était encore toute fraiche. Il y a forcément d'autres personnes dans la forêt, et ils ont été capables de blesser cette chose. dit Joseph, en regardant la dépouille de Bly avec la condescendance d'un vainqueur.

— Vous pensez qu'il s'agit du groupe de Kira et Ellie ? demanda le champion Médi-Ling, qui combattait avec deux crochets du tigre.
— C'est probable, mais n'écartons pas d'autres possibilités, tout est possible lorsqu'on est à proximité du passage. répondit Frida.

CHAPITRE 14

L'étrange kanda de Xi

Ce chapitre n'était pas initialement prévu, je me suis senti obligé de l'écrire après avoir écouté
« Une histoire étrange »
Merci Laylow.

(Point de vue de Xi)

« Où suis-je ? Qui suis-je ? Étais-je consciente ? Je ne savais rien de tout cela, c'était comme dans un rêve, un rêve où les choses apparaissaient de façon trop claire pour en être réellement un. Peut-être était-ce un joli souvenir, peut-être étais-je morte, oui j'étais sûrement morte, car rien sur Terre ne peut procurer cette étrange sensation de vivre un rêve.

Dans ce rêve étrange, je semblais tout voir au travers des yeux d'un autre. La perception qu'offrait le point de vue de mon hôte ne me permettait ni d'écouter, ni de sentir, mais uniquement de voir. Nous étions au large d'une île fabuleuse, il y avait avec nous trois femmes et deux hommes. Tous vêtus d'une façon que je n'avais alors jamais imaginée, il était écrit « *Socotra exploring* » sur leurs hauts. À première vue, on aurait dit des scientifiques ou des explorateurs, peut-être même les deux. Nous marchions tous en file groupée sur cette île fantastique, lorsque mon hôte regarda à gauche, je vis une mer d'un bleu unique, je dirai même magique. Lorsqu'il regarda à droite, je vis un horizon relatif aux rêves. Des dizaines de plantes et arbres que je ne pourrais tout décrire, tant l'atmosphère qu'ils dégageaient était extérieure à celle terrestre.

Je vis un arbre aux allures de dragons, un autre ressemblant à un concombre géant, toute une colonie d'insectes arc-en-ciel, et même une sauterelle qui semblait avoir été peinte. Cette île à l'écosystème unique ne cessa de m'émerveiller de seconde en seconde.

Mais le plus fou vint ensuite, au pied d'une cascade caché par les montagnes, mon hôte et les autres scientifiques découvrirent quelque chose pour le moins surprenant.

Il s'agissait d'une météorite modeste en taille, mais assez grande pour dépasser les arbres fabuleux. Cette météorite brillait tellement qu'elle éclairait le pied de la cascade tout entier, alors que le Soleil était déjà couché.

C'était à ce moment que j'ai compris que le temps ne s'écoulait pas de manière réelle. Au début de mon souvenir il faisait jour, et les quelques minutes de marche que je pensais avoir faites étaient à compter en heures.

L'un des hommes qui nous accompagnaient tenta de frapper la météorite avec une hache, elle resta intacte. L'une des femmes tira sur la météorite avec un fusil, elle resta intacte. Mon hôte déposa des dizaines d'explosifs sur la météorite. Tous furent impatients de constater les dégâts après l'explosion, cependant elle resta encore une fois intacte.

Cette météorite montrait une résistance hors norme, ce n'était pas juste un grand bloc de roche, elle était faite d'autre chose. Kira avait dit que son armure et son épée étaient faites d'une matière rare et tenue secrète par les Précepteurs. Elle disait que la base de cette matière était le diamant et que les objets conçus avec cet alliage étaient indestructibles. Par déduction je dirai que le teo-adversus utilisé pour faire l'armure et l'épée de Kira, provient en réalité d'une météorite similaire.

Peut-être qu'une autre météorite comme celle-ci avait été découverte ailleurs par les Précepteurs, car tout ce que je voyais ne pouvait appartenir qu'au futur, un futur où d'autres hommes ont découvert une météorite en teo-adversus.

Mais dans ce futur, était-ce vraiment la Terre ? Rien autour de moi ne semblait s'y référer. . . »

— Xi, tu penses qu'il s'agit des visions d'autres gens dont parlait le doyen ? demanda Cruz.
— Il avait appelé ça un kanda, alors tout ce que disait Bly n'était pas juste le fruit d'une imagination délirant. Le passage vers l'Inframonde permet vraiment de voir des souvenirs d'un autre temps, au travers d'autres yeux. répondit Xi.
— Une matière extraterrestre, sacré Joseph, la valeur des objets en teo-adversus doit être inestimable. suivit Kira.

— Cachez-vous ! chuchota Cruz, en baissant la tête de ses deux amies dans un buisson.

Kira, Cruz et Xi tombèrent à l'aube sur la clairière où les champions s'étaient battus contre le Bly-Wolf. Ils se relevèrent aussitôt lorsqu'ils constatèrent que le champ de bataille devant eux n'avait laissé que sang et macchabées.

— Ce sont les champions, on dirait bien qu'ils sont tombés sur plus fort qu'eux. dit Kira, en se protégeant le nez avec un mouchoir.
— Bon sang, ils sont donc vraiment dans la forêt, j'ai l'impression que ça devient sérieux d'un coup. ajouta Cruz.
— Bly est là aussi, les lycanthropes redeviennent humains lorsque le jour se lève, le pauvre. suivit Kira.
— J'en reconnais un aussi Kira, il a eu la mort qu'il méritait, tant mieux. répondit Xi, en regardant la dépouille de Sae-Jin mutilée par les griffes du Bly-Wolf.
— Tu connais ce type Xi ? demanda Cruz.
— Oui c'est une longue histoire, nous n'avons pas le temps pour ça, les autres champions sont une menace pour le reste du groupe. Ils ont laissé des traces derrière eux, je vais les pister. dit Xi.
— Je propose donc un petit changement de plan, plus besoin de ces histoires d'Inframonde et de puissance divine. On se fait les champions restants et on se tire d'ici. répondit Cruz, en ramassant un glaive au sol.

Kira dégaina son épée l'air de dire « faisons-le », Xi prit les pistolets de Sae-Jin avec la même attention. . .

CHAPITRE 15

BROTHERHOOD

21 mai 1888, 8 heures du matin,
Amazonie.

— C'était ta première fois Sengo ? demanda Ellie, qui venait de se réveiller.
— Je t'avoue que oui, j'étais comment ?
— Avant toi, je ne l'avais jamais fait avec un nègre et on peut dire que c'était quelque chose ! répondit Ellie, avec des airs coquins et comblés.
— Quelle première fois ? demanda Jet, qui venait de se réveiller surprit la discussion, Ellie se revêtit gênée.

Le petit groupe de trois abandonna la clairière pour un petit cours d'eau. Ellie se lavait d'un côté à l'abri du regard de Sengo et Jet, tandis que ces deux derniers se lavaient de l'autre côté. Lorsqu'ils eurent tous fini, Sengo s'attaqua à un bananier qu'il avait repéré sur le chemin. Il en tira une bonne vingtaine de bananes dont certaines pas encore mûres, et les emmena à ses deux amis restés près du cours d'eau.

— Tenez, dès qu'on aura repris des forces, nous irons à la recherche de Cruz, Xi et Kira. dit Sengo, en lançant une banane à chacun de ses compagnons.
— Merci ! répondit Ellie.
— Itadakimasu* ! suivit Jet, qui avait déjà commencé à s'empiffrer.
— Au fait Jet, ta sœur avait dit que vous étiez Japonais d'une part et Chinois de l'autre. Ce genre d'union est mal vu non ? Et puis, vous avez un passif avec les Précepteurs de ce que j'ai compris. demanda Sengo.
— Xi-chan ne voulait pas que je vous en parle, mais au point où nous en sommes, je vais vous raconter.

Tout a commencé il y a 5 ans. . .

(Point de vue de Jet)

7 février 1883, la veille du Nouvel An chinois,
Hong Kong, Chine.

D'aussi loin que je me souvienne, ce jour-là je pédalais.

Mon père Zhang voulait faire de moi son successeur en tant que chef du clan Chisei, j'avais constamment sur mes épaules une pression immense.

Alors chaque jour je pédalais sur mon grand bi, le long du port au coucher du Soleil pour évacuer mon stress. J'avais tout juste 10 ans et Xi-chan en avait 17, malgré nos âges notre père nous impliquait toujours au cœur de ses affaires, même les plus illégales.

En somme notre clan était une sorte de mafia familiale, qui entretenait de très bonnes relations avec le gouvernement. On s'apprêtait à faire un gros coup pour le Nouvel An, Xi-chan, mon père et le reste du clan préparaient tout le matériel et coordonnaient le peu d'hommes de confiance que mon père avait mis dans la confidence.

J'étais rentré plus tôt pour éviter les grondes et être sûr de ne pas rater la réunion. Ma famille possédait depuis plusieurs générations un grand terrain, où nous avions érigé une somptueuse maison en plein Hong Kong. Les murs étaient hauts et couverts de lierres, à l'entrée du domaine il y avait une vieille lanterne où il y était inscrit :

« Un idiot riche est un riche, un idiot pauvre est un idiot ».

Mon père disait que son grand-père ne se souvenait pas avoir mis cette lanterne à l'entrée, elle y était apparue du jour au lendemain. La lanterne lui plaisait bien alors il l'a laissée là, en y repensant cette petite histoire me fait penser, aux phénomènes du passage vers l'Inframonde. J'avançais dans la cour où quelques domestiques jardinaient d'habitude, ce jour-là c'était congé pour tout le monde.

J'allai au plus vite dans le sous-sol où se déroulait la réunion en cercle très restreint.

— Avec ce qui se passe depuis l'arrivée des Français, je t'ai déjà dit de ne pas rester dehors très longtemps Jet ! sermonna Xi-chan, lorsque je mis les pieds dans le sous-sol.

Je m'excusais en souriant, cela marchait toujours avec ma grande sœur à cette époque. Il y avait environ dix personnes présentes au sous-sol en comptant Xi-chan et moi, ma mère était restée dans le salon comme à son habitude. Mon père Zhang se tenait devant son clan sur son siège en forme de dragon. Il était très grand et avait la moustache assez longue pour lui arriver à la poitrine. Son visage reflétait le sérieux et la détermination, ses poings étaient géants et sa corpulence prenait tout le siège. Peu de gens le savaient, mais dans son dos il avait un tatouage de lion asiatique, et d'innombrables cicatrices sur son torse.

— Bonsoir, comme vous le savez nous menons une guerre depuis maintenant plus d'un an avec les Français. Cette nouvelle guerre est encore une fois, le symbole de notre faiblesse face aux Occidentaux qui ne cessent d'humilier notre empire, décennie après décennie. Ces rats de Britanniques ont commencé à nous vendre leur opium depuis l'Inde. Sans se soucier des conséquences que ce poison pourrait avoir sur nos populations, alors que même eux avaient rendu illégale cette drogue chez eux. Ils souhaitaient juste faire du profit en Chine et lorsque nous avions dit non, ils nous ont fait la guerre et nous ont imposé leur opium ! De 1856 à 1860, l'empire a une nouvelle fois mené une guerre contre les Britanniques pour ce même opium ! Et comme vous le savez, nous en sommes ressortis très affaiblis et forcés de suivre le même régime économique que ces rats, en industrialisant notre bel empire. Si la direction que prend la Chine est peut-être la bonne, elle n'empêche que nous soyons encore les chiens des Occidentaux, car c'est comme ça, le perdant devient le chien de l'autre ! Mais ce soir nous allons changer la donne, il est temps de rendre la pareille ! énonça père, en serrant le poing.

— Mais comment ? Nous manquons de puissance et d'alliés, pour renverser la suprématie des Occidentaux ! demanda Sae-Jin.

Il était la dernière recrue de notre clan. Pour le tester, mon père lui a fait faire d'innombrables quêtes, toutes plus périlleuses les unes que les autres. Mais c'est avec brio qu'il les accomplit toutes, mon père avait confiance en Sae-Jin comme s'il était son fils. Mais à moi il m'inspirait que la méfiance, même à une réunion en présence de mon père, je l'avais surpris plusieurs fois en train de poser son regard lubrique sur ma grande sœur. Bien que sa loyauté et sa force n'étaient pas à prouver, il gardait néanmoins des origines très floues.

— C'est pourquoi nous allons agir cette nuit au nom de l'Empire. Il y a un navire commercial britannique amarré au port, il est chargé d'opium d'après mes renseignements, et il n'y aura presque aucune sécurité. Nous allons le faire couler et revendiquer cette attaque au nom des Russes. Les Français et les Anglais joindront leurs forces contre les Russes, or les Français mènent déjà une guerre contre nous. Il semblera alors tout indiqué et logique de s'allier aux Russes.

Telle était la réponse de mon père, il voulait un prétexte de guerre à ampleur mondiale et comptait parvenir à ses fins, en alimentant la haine et les tensions entre les grandes puissances. À la fin de la réunion et après avoir mis en place les préparatifs, j'allai rejoindre ma mère au salon avec Xi-chan. Elle s'appelait Keiko et était japonaise, elle avait rencontré mon père au mariage d'un dignitaire de Shanghai il y a une dizaine d'années. On devinait facilement en voyant ma mère d'où Xi-chan tenait sa beauté, mais malheureusement elle était devenue dépendante à l'opium, cela se faisait ressentir en la voyant. Elle était mince et avait des cernes très prononcés dus à ses insomnies, sa fatigue était constante et même ses capacités cognitives s'amenuisaient. En fait depuis le début de sa dépendance à l'opium, elle ressemblait plus à une loque qu'autre chose. Mon père ne voulait même plus la voir, il ne supportait pas de la voir dans cet état.

— Mes enfants. . . dit ma mère d'une voix fébrile, en fumant son opium avec une longue pipe en forme de tube.
— Mère comment vous portez vous ? demanda Xi-chan.
— Mieux qu'hier ma fille, alors votre père va vraiment le faire ?
— Oui c'est pour ce soir, il est tellement déterminé que je me demande, d'où lui vient sa haine envers les Occidentaux ?

Mère souffla un jet de fumé vers le haut.

— Il n'était pas comme ça autrefois ma fille, lorsque nous eûmes voulu avoir un troisième enfant et que cela n'était pas possible à cause de ma dépendance à l'opium. Une haine envers cette substance naquit en lui. J'ai continué de m'enfoncer de plus en plus dans cette addiction, jusqu'à en dégouter mon propre mari. Votre père m'aime trop pour me l'avouer, il ne veut pas prendre le risque de me blesser, mais je sais et vous aussi maintenant. Alors comme pour laisser parler la haine qu'il cache en lui, votre père s'est convaincu que tout ce qui m'est arrivé ne serait pas arrivé, sans l'oppression économique des Occidentaux sur nous.

Un long moment de silence et de réflexion suivit, ma mère si morose d'habitude était ouverte aux questions ce soir.

Pour détendre l'atmosphère, je demandai à ma mère quand l'on reverra notre cousine Hina qui habitait au Japon.

— Mon petit Jet, il faut que tu saches que ça ne sera pas possible avant très longtemps. La famille Chisei et celle d'Hina ne s'entendent pas, mon mariage avec ton père a été très mal vu par les miens.
— Comment ça ? demandais-je, en toussant à cause de la fumée.
— Jet, Xi, quand j'ai rencontré votre père je n'avais que 14 ans et lui en avait 20, notre couple était mal accepté à cause de nos différences de culture. Il fallut que tu viennes au monde Xi, pour que nous assumions notre union devant nos familles. Peu de temps avant ta naissance Jet, Zhang a commencé à être dans des affaires louches avec ton défunt oncle Hao, ils voulaient compenser les pertes du clan Chisei pendant de la 2e guerre de l'opium. Mais lors

d'une transaction, les deux tombèrent dans un piège. De mes souvenirs ce jour-là, Hao ne le sentait pas du tout, mais l'appât du gain était trop gros, Zhang insista et le drame arriva. Hao mourut de 6 balles dans la poitrine. Ton père s'en veut toujours aujourd'hui, ses relations avec sa propre famille se dégradaient à mesure du temps. C'est durant cette période très dure que je m'étais mise à fumer de l'opium. . .

Étrangement à ce moment je n'en avais pas grand-chose à faire de tout cela, pour moi ce n'était que des erreurs que je me devais de ne pas reproduire. Xi-chan me disait toujours :

« Nous devrons être meilleurs qu'eux. »

Ses paroles que je ne comprenais pas vraiment avaient pris tous leurs sens.

7 février 1883, 23h30,
Port d'Hong Kong, Chine.

Le moment était venu, mon père avait privatisé un pub situé en face du port, il y avait stocké des explosifs et des preuves à dissimuler, mettant en évidence l'implication des Russes.

C'est dans ce pub que nous nous étions tous donné rendez-vous, nous étions six au total à participer directement à l'opération en comptant Xi-chan et moi. Pour ne pas éveiller les soupçons des passants, il était prévu d'entrer un à un dans le pub, avec des intervalles de vingt minutes. Lorsque nous étions enfin au complet, mon père donna les ultimes consignes.

— Voilà le plan, Sae-Jin et Thao vous irez discrètement dans la cave du bateau où sont entreposés les stocks d'opium. Vous serez les plus exposés alors n'hésitez pas à utiliser vos balles, vos armes sont bien sûr toutes de provenance russe. Sae-Jin tu te charges des preuves et toi Thao des explosifs. Chang et moi nous resterons ici à guetter votre retour, prêt à intervenir en cas de besoin. Vous deux mes enfants, vous resterez quoi qu'il arrive dans ce bar tout au long de l'opération, vous êtes ici pour observer et apprendre. dit père.

L'opération débuta à vingt minutes du Nouvel An, je suivis l'avancée de Thao et Sae-Jin dans le port à l'aide de mes jumelles. Comme prévu ils n'eurent aucun mal à monter sur le navire britannique, lorsqu'ils descendirent les escaliers pour aller dans la cave, ils n'étaient plus à portée de vue. Dix minutes suivirent et un coup de feu se fit entendre, cinq minutes après ils n'étaient toujours pas ressortis du bateau.

— Ce n'est pas normal, ça ne devrait pas prendre autant de temps, et puis pourquoi un seul coup de feu ? s'interrogea Chang, qui était resté en retrait avec mon père.
— On ne le saura pas en se questionnant, prend ton arme Chang on va vérifier ce qu'il s'il se passe. Xi et Jet, quoiqu'il arrive je vous défends de sortir du pub ! répondit mon père.

Les minutes suivirent, quand soudain à minuit pile, deux autres coups de feu retentirent et le bateau explosa depuis la coque comme prévu. Une grande déflagration jaillit du navire, un morceau de bois avait même volé jusqu'au-devant du pub, dans lequel ma sœur et moi observions depuis la fenêtre la grande explosion.

Mon père, Sae-Jin et les autres n'étaient pas revenus sans hésitation et armés uniquement de mon courage, je fonçai au port où quelques passants s'étaient déjà attroupés.

— Jet attend, on nous a ordonné de rester ici ! s'écria Xi-chan qui me poursuivait.

Je ne pouvais pas rester en place, l'opération ne s'était pas passée comme prévu et mon père était peut-être en danger. . . Lorsque je montai sur le bateau, je remarquai que les flammes s'étaient déjà propagées sur le pont, le navire coulait lentement mais sûrement.

— Je t'ai dit d'attendre ! Quand est-ce que tu vas m'écouter !

dit Xi-chan à bout de souffle après m'avoir rattrapé.

— Onēchan* notre père est peut-être en danger, il faut qu'on le sorte de là !
— Tais-toi et écoute-moi Jet ! Je vais descendre dans la cave, toi fais demi-tour et retournes t'abriter le plus loin possible d'ici.

Sae-Jin arriva soudainement sur le pont par les escaliers qui menaient à la cave, il était couvert de blessures et de brûlures. Il fut le seul à être remonté, alors que les flammes continuaient de progresser.

— Sae-Jin qu'est-ce qui s'est passé ?! demanda Xi, en s'avançant.
— Éloigne-toi de lui onēchan* ! m'écriais-je.

La tournure des choses était bien trop louche, d'instinct je braillai à Xi de reculer. Xi-chan s'était retourné vers moi pour m'écouter et lorsqu'elle se recentra sur Sae-Jin, ce Judas avait son pistolet braqué sur elle.

— AHHHHHHHHHHHHHHH ! hurla mon père, avec rage.

Il cassa le plancher in extrémis pour remonter. Et donna un coup de poing à Sae-Jin sur la mâchoire, son sauvetage avait dévié le tir, épargnant Xi-chan d'une mort certaine. Mon paternel avait des blessures de partout, sa tenue avait volé en lambeau et une partie de son visage était brûlé.

— Vous êtes tenace, vu vos blessures vous n'en avez plus pour longtemps maître Zhang. dit Sae-Jin, impassible et froid malgré l'enfer de flammes sous ses pieds.
— Au nom de qui fais-tu tout ça, parle Sae-Jin ! répondit mon père.
— Je suis Sae-Jin du clan Gung-Hee, je me suis infiltré dans le clan Chisei au nom des Précepteurs. Vous êtes fini, que le monde soit en paix ou pas, c'est à nous d'en décider, vous n'auriez pas dû être aussi ambitieux.
— !!!

Mon père fut surpris d'entendre le nom « Précepteurs », ses mains si fermes d'habitudes s'étaient mises à trembler.

— Père qu'est-ce qui se passe ? demanda Xi-chan, complètement déboussolée.
— On s'est fait avoir, depuis le début Sae-Jin était une taupe. Lorsque je suis entré dans la cave d'opium avec Chang, la première chose que nous vîmes était le cadavre de Thao mort d'une balle en pleine tête. Ce traître de Sae-Jin nous attendait cacher derrière un tonneau, Chang s'était approché du corps de Thao pour l'examiner, la seconde d'après Sae-Jin sortit de sa cachette et lui tira une balle dans la poitrine. Il essaya ensuite de me tirer dessus, mais j'étais parvenu à anticiper et éviter son tir. Cependant la balle avait ricoché sur une caisse en métal avant de toucher les explosifs, on dirait bien qu'il s'en est mieux sorti que moi. suivit mon père, dont les forces le quittaient tandis que les flammes gagnaient du terrain.

Le grand mât du navire tomba en arrière, allant éteindre ses flammes dans l'océan. Le craquement du plancher devenu fragile et la fumée qui s'en échappait indiquaient que tout ce qui était sous nos pieds n'était plus que brasier.

— Trêve de bavardage, une dernière volonté maitre Zhang ? demanda Sae-Jin, avec son pistolet braqué sur mon père.
— Épargne mes enfants, je sais ce que représente le fait d'être la cible des Précepteurs, je ne vais pas implorer pour ma vie, mais uniquement celle de mes enfants.
— C'est honorable, demain un de nos navires négriers viendra me récupérer pour m'emmener au Brésil. Tes petits embarqueront avec moi et seront vendus comme esclave à Scornfull city.
— Je n'en demande pas plus. Xi, Jet, Keiko, pardonnez-moi...

Sae-Jin acheva mon père et laissa sa dépouille se réduire en cendres dans les flammes d'opium. Le reste était très flou, je crois que Xi-chan s'était jeté sur Sae-Jin, ou alors il nous avait assommés, je ne me souviens plus très bien, tout ce dont je suis sûr c'est que j'avais perdu connaissance...

9 février 1883,
quelque part en mer.

Lorsque je me réveillai, j'étais seul dans une cellule où il faisait noir, mais à l'odeur de l'air marin j'avais deviné que nous étions en mer. Je ne savais pas quel jour nous étions, ni même depuis combien de temps je dormais. Tout ce dont j'étais sûr c'est que j'étais sur un navire, en me levant je constatai que j'avais du mal à marcher. Quelques heures après, Sae-Jin accompagné de ma sœur franchit la porte du cachot. Il ouvrit ma cellule et y fit entrer Xi-chan à l'intérieur, elle n'avait pas dit un seul mot et osait à peine me regarder, comme si elle avait honte de quelque chose. Ses vêtements étaient froissés et mal mis, elle qui prenait si soin de ses cheveux, les avaient complètement décoiffés.

Les jours qui suivirent, Sae-Jin emmenait Xi-chan toujours à la même heure, elle revenait dans notre cellule quelques heures après parfumer, propre et le visage couvert de déshonneur.

Quand je demandai à ma sœur ce que lui voulait Sae-Jin, elle me répondait qu'elle devait lui communiquer des informations sur notre clan. J'étais trop jeune il y a 5 ans pour comprendre, mais aujourd'hui je sais que Xi-chan se laissait violer par Sae-Jin. Sûrement pour me protéger ou être sûr que nous ne tomberions pas malades, en restant avec les autres esclaves. Ce chantage dura une bonne partit de notre traversée, Xi-chan ne m'a encore rien avoué aujourd'hui, mais je sais tout.

Depuis 2 ans je fais le même rêve chaque nuit, un rêve où je torture Sae-Jin avant de le tuer pour ce qu'il a fait subir à ma grande sœur.

20 février 1883,
port de Scornfull city, Brésil.

Nous étions arrivés à Scornfull city, environ une semaine après être parti de Chine d'après Xi-chan. Je n'avais jamais eu aussi chaud, que le jour où nous avions mis les pieds au Brésil. Pour la première fois depuis plusieurs jours je vis la lumière, les Précepteurs nous avaient emmenés sur la plage avec les autres esclaves. Mes chaines étaient bien trop larges pour mes bras devenus chétifs. Je pouvais me libérer à tout moment, mais je n'y pensai même pas, Sae-Jin me faisait beaucoup trop peur pour tenter quoique ce soit. Un négrier des Précepteurs nous comptait et tâtait nos muscles, les esclaves les plus forts devaient aller à droite et les plus faibles à gauche, les femmes devaient se mettre derrière, j'allais être séparé de ma sœur.

— Xi-chan ! criais-je désespéré.

Mes larmes montèrent très vite, je sentais que je n'allais plus jamais revoir ma grande sœur et me retrouver seul dans un pays que je ne connaissais pas.

— Jet ! Sae-Jin tu m'avais promis que je resterais avec mon frère si je t'obéissais ! gueula Xi-chan, qui fondait aussi en larmes.

Sous les regards médusés des soldats et craintifs des esclaves nègres, Xi-chan et moi nous débattions tant bien que mal pour ne pas être séparé.

— C'est quoi tout ce grabuge Sae-Jin ! s'écria l'un des deux hommes sur le planchon du bateau.

Le plus âgé avait des cheveux et une barbichette blonde, une chemise avec de fines rayures bleues, un gilet noir et un fourreau à fleuret à sa taille, sa tenue atypique était similaire à celle d'un mousquetaire.

Le plus jeune se tenait derrière lui et portait un masque de couleur argent représentant un tigre. Il avait une armure dorée et une cape blanche à l'instar des soldats romains autrefois, ses cheveux étaient bruns et ses muscles prononcés.

— C'est rien Marco, juste deux perturbateurs. dit Sae-Jin, en chargeant son pistolet.

— (sifflement) Pas mal cette femme, d'où est-ce qu'elle vient ? répondit Marco.

Il était le plus âgé des deux hommes qui venaient de descendre du navire.

— C'est la fille de Zhang, il voulait que j'épargne ses enfants alors je les ai faits esclaves. Le négrier m'a dit qu'on pourra en tirer un bon prix chez un proxénète à Scornfull city, Giovanni, Georgie ou Giorno j'ai oublié son prénom. En revanche le petit... dit Sae-Jin.

Le jeune brun au masque de tigre s'approcha de Xi-chan et moi, il enleva son masque et prit la parole, ce fût stupéfiant de l'entendre parler chinois avec une telle aisance.

— Je m'appelle Joseph Gates. Quels sont vos noms esclaves ?
— Chisei Xi et Chisei Jet, mon petit frère. répondit ma grande sœur, en me protégeant dans ses bras.
— Xi et Jet, je retiendrai vos noms esclaves. Votre père allait déclencher une guerre mondiale, un conflit d'une envergure qu'il ne soupçonnait pas. C'est pourquoi nous avions envoyé un de nos champions l'arrêter, car voyez-vous, la pluie ou le beau temps, la paix ou la guerre, la pauvreté ou l'abondance, c'est à nous les Précepteurs d'en décider. En soi vous n'y êtes pour rien, juste des dommages collatéraux, juste le fruit de l'irresponsabilité d'un adulte aux ambitions trop grandes. dit Joseph calmement.

Il parlait avec une éloquence majestueuse et un charisme foudroyant, alors qu'il devait à peine avoir 17 ans comme ma sœur Xi.

— Je vous en prie, laissez-moi au moins rester avec mon petit frère. implora Xi-chan à genoux.
— Je vous rends votre liberté, vous êtes libres.
— !!!

Xi-chan et moi étions surpris de l'entendre, les autres esclaves regardaient tous sagement alignés la scène avec interrogation.

— Attends comment ça Joseph ? On les libère ?! s'exclama Sae-Jin.
— Oui, les esclaves on s'en fiche, rappelle-toi ce que nous sommes venus faire au Brésil. répondit Joseph.

C'est ainsi que nous sommes arrivés à Scornfull city, avec Xi-chan nous nous sommes installés dans le souterrain, car nous étions trop pauvres pour vivre à la surface.

Au début c'était très dur, le souterrain de Scornfull city était un autre monde, impitoyable et barbare. Il comptait uniquement des assassins, des pédophiles, violeurs et autres malfaiteurs en tous genres. Xi-chan a failli se faire violer des dizaines de fois dans ce souterrain, chaque personne qui avait osé lui faire du tort finissait au mieux avec un œil en moins, pour me protéger, elle était devenue la plus impitoyable des femmes. Elle s'était même fait un nom à Scornfull city, les gens du souterrain l'appellent « la forgeronne », car elle fracassait ses agresseurs à coups de marteau. Pendant 5 ans nous avions grandi dans le feu pour survivre.

Nous sommes passés du jour au lendemain de dignitaire chinois, à esclave, avant de finir parmi les miséreux au Brésil.

CHAPITRE 16

Kill me with love

JOUR 10
21 mai 1888,
au pied d'un petit cours d'eau, Amazonie.

— Ce jeune brun nommé Joseph que tu avais rencontré sur la plage de Scornfull city, c'est mon grand frère Jet. Il affectionne particulièrement les enfants, un jour il m'a dit qu'il les voyait comme un condensé d'innocence sur patte, c'est sans doute pour ça qu'il a eu pitié de toi ce jour-là. dit Ellie avec douceur, en caressant la tête de Jet, comme pour le consoler.
— Alors il ne voyait rien d'assez mauvais en moi pour me faire subir un tel sort ? Pourtant je ne suis pas quelqu'un de bien, je ne l'ai jamais été, je suis juste quelqu'un qui n'a pas eu à faire du mal aux gens. répondit Jet.

4 heures de l'après-midi,
centre de l'Amazonie.

Les champions arrivèrent devant des ruines aztèques au bout de plusieurs heures de marche, la plupart étaient blessés, mais aucun d'entre eux ne semblaient ressentir la fatigue, ils affichaient tous au contraire une volonté inébranlable. Ces ruines aztèques que le temps avait bien conservées étaient un ancien temple en forme de pyramide, noyé dans la végétation amazonienne.

— Je sens une pression énorme qui émane de ces ruines, le passage est juste là, nous y sommes presque ! dit le champion Georges, un Américain aux cheveux roux d'une trentaine d'années.
— Oui moi aussi je sens cette pression, j'ai l'impression de me faire étouffer par un beau jeune homme. répondit Kayla.

Cette championne était métisse et venait des Philippines, personne ne connaissait son âge, mais elle était la doyenne parmi les champions.

— Qu'est-ce qu'il t'arrive, Frida ?! demanda Joseph.
— Je ne sais pas ! répondit Frida en panique.

La valkyrie commençait peu à peu à avoir les cheveux blancs comme par magie, des rides se firent paraître et sa peau pourtant si blanche et ferme se fripait à vue d'œil, elle perdait de l'espérance de vie. Tout à coup, les pieds des Précepteurs s'enfoncèrent dans le sol, la terre s'était ramollie, devenant aussi molle et légère que du foin.

— On dirait des sables mouvants ! Les gars restez pas sur place ! s'exclama Yvan, en gigotant pour ne pas s'enfoncer.
— Il faut qu'on entre dans le passage et vite, chaque minute dans cette forêt peut nous tuer ! répondit Kumalo.
— Joseph ça va ?! demanda Kenna.

Pendant quelques secondes Joseph était paralysé avec les yeux complètement blancs, comme s'il venait d'avoir un orgasme.

— Ne paniquez pas champions ! Je viens d'avoir une vision d'un futur proche, nous étions dans l'Inframonde, nous avions réussi, alors quoiqu'il arrive ne paniquez pas. Cela dit un jeune nègre nous accompagnait, je suis sûr de l'avoir déjà croisé quelque part, oui je me souviens, à São Paulo. . . dit Joseph avec doute après avoir retrouvé ses esprits.
— Attention Frida ! cria Médi-Ling, en voyant Cruz se jeter sur elle avec un glaive.

Le groupe de Cruz, Xi et Kira prirent les champions en embuscade, ils s'étaient cachés dans le feuillage attendant le bon moment pour attaquer. Frida contra à l'aide de sa hache l'attaque de Cruz avec beaucoup de mal, d'une part car ses jambes étaient prises dans le sol, mais d'une autre, car elle avait vieilli. Xi tira sur les autres champions, qui eux se couchèrent sur le sol mou et accidenté, pour éviter les balles.

— Encore une attaque-surprise ! gueula Yuri, les mains sur la tête pour se protéger des tirs de Xi.
— !!!

Joseph dégaina son épée pour arrêter celle de Kira, le duel entre les deux guerriers s'engagea sans un mot.

Joseph bondit en arrière de plusieurs mètres, lorsque ses pieds touchèrent le sol, la terre devenue légère voltigea comme s'il pesait des tonnes. Kira redoubla d'agressivité et ne laissa même pas le temps à Joseph de riposter.

— Cette fois ça va être différent sale fumier ! dit Kira, en continuant d'harceler Joseph de coups d'épée.

Gates tenta de planter Kira, mais cette dernière esquiva en tournant sur elle-même avant de trancher Joseph sur les côtes. Le grand brun terrible acculé par l'ardeur de la générale voyait toutes ses attaques déjouées et contrées sous le regard stupéfait des champions, qui virent leur chef se faire dominer dans sa propre discipline. De l'autre côté, Cruz et Frida se battaient comme des bêtes pour prendre la tête de l'autre.

— Je reconnais ce glaive c'est celui de Maximus et à entendre le son des tirs de cette asiatique, ça ne peut être que le pistolet de Sae-Jin ! Vous avez osé vous servir sur les dépouilles de nos camarades sales ordures ! s'exclama Frida, en luttant contre Cruz.

— Ha ah j'tai manqué valkyrie ? T'as pris un coup de vieux depuis la dernière fois ! Quoi de plus normal en temps de guerre, que de retourner les armes de ses ennemis contre eux ma vieille ! Le plan a changé, on vous fait la peau ici et on quitte cette forêt maudite pour commencer une nouvelle vie ! répondit Cruz.

Cruz avait le dessus sur Frida, la valkyrie avait perdu en force et en vivacité, elle ne pouvait même pas porter sa hache et son marteau simultanément. Cependant elle maniait son arme beaucoup trop bien, pour qu'un novice comme Cruz parvînt à l'avoir.

— Je vais me faire cette pute d'asiatique. dit Kenna, en chargeant un de ses colts london, toujours sous les feux de Xi.

— Foncez dans l'Inframonde ! On a gaspillé beaucoup trop de balles et d'énergies avec le lycanthrope, c'est Siz qui nous attend ! On n'a pas de temps à perdre avec eux, je vais rester ici pour venger la mort de Bao et Natasha, vous tous foncez dans l'Inframonde ! ordonna Joseph, encore harcelé par Kira.

— Tu es blessé Joseph ! dit la jeune Kenna.
— Ne discute pas les ordres Kenna et viens ! répondit Médi-Ling, en emmenant de force Kenna vers les ruines.

Les champions pénétrèrent dans la pyramide aztèque, laissant leur chef seul contre Kira, Xi et Cruz. Les trois compagnons encerclèrent Joseph blessé et épuisé en s'avançant vers lui lentement, guettant la moindre ouverture telle une meute de hyènes.

— Tu te souviens de moi ? dit Xi à Joseph, en lâchant ses pistolets qui n'avaient plus aucune balle, pour se saisir de son marteau.
— Oui je n'ai pas oublié ton prénom, tu es Xi, je n'aurais jamais cru que les deux Asiatiques mentionnés par Frida, étaient toi et ton frère. Je suppose que tu veux venger ton père ? Après tant d'années me retrouver ici devant toi quelle blague, ce genre de circonstances hasardeuses n'arrivent que dans les romans pour jeunes rêveurs. répondit Joseph, en mettant son masque de tigre en teo-adversus.
— Donc tu te souviens de moi, ta mort aura un sens pour toi. J'ai vu le cadavre de Sae-Jin, j'aurais aimé qu'il survive pour le tuer moi-même. Tu prendras mes coups de marteau pour lui Joseph ! s'exclama Xi d'un ton menaçant, continuant d'avancer lentement vers le grand brun terrible.
— Enlève ce masque Joseph, que je puisse te voir pleurer quand je planterai mon épée dans ton cœur ! suivit Kira.
— Je n'ai pas de raison particulière de t'en vouloir comme ces deux jolies filles, n'y vois rien de personnel. ajouta Cruz.
— Foutons-nous sur la gueule maintenant, vous avez déjà beaucoup trop parler. répondit Joseph, en s'avançant lui aussi.

Kira lança l'assaut la première, elle cherchait à donner une ouverture à Xi et Cruz pour qu'ils puissent atteindre Joseph, les trois compagnons attaquaient avec synchro, ne laissant pas de répit à Joseph pour contre-attaquer. La terre qui s'était ramollie volait dans tous les sens à chacun de leurs pas, comme si des titans se battaient. Cruz profita d'une ouverture pour tenter de trancher les tendons des genoux de Joseph, mais ce dernier sauta et frappa Cruz avec les pieds, avant de contrer Kira qui voulait profiter de l'altitude de Joseph pour le découper. Xi essaya de sournoisement marteler le crâne de Joseph. Mais ce dernier la feinta avec sa cape, pour obstruer la vue de son adversaire. Le grand brun terrible riposta en bottant Kira, avant de mettre une droite à Xi.

— Il est fort bon sang. dit Cruz en sueur.
— Même blessé il reste l'Homme le plus fort du monde, ne flanchez pas ! répondit Kira.
— On fait de notre mieux la générale, garde la tête froide sans toi on est fichu. suivit Xi.
— Frida, Kumalo, Yvan, Kenna, Georges, Yuri, Médi-Ling, Kayla, attendez-moi j'arrive. J'irai dans l'Inframonde, c'est sûr, je le sais, je l'ai vu ! s'exclama Joseph, transcendant ses propres limites grâce à l'adrénaline.

Kira multipliait les collisions d'épées avec Joseph, tandis que Cruz et Xi restaient en arrière, attendant des moments opportuns pour attaquer, leur stratégie était d'avoir Joseph à l'usure en alternant leurs attaques de façon à ne pas lui laisser de répit. D'un coup rapide et précis, Joseph désarma Kira avant de la planter à l'épaule. La générale était grièvement blessée et allait se faire achever sans l'aide de Xi, qui intervint en tentant une nouvelle fois d'avoir Joseph avec son marteau. Xi essayait de donner des coups, que Joseph esquivait avec une facilité déconcertante. Le grand brun terrible donna un coup de poing dans le ventre de Xi, puis la gifla pour l'humilier. La forgeronne avait vomi et lâché son marteau, tant le coup de poing l'avait secouée. Les deux femmes n'avaient plus la capacité de se battre, Cruz munit du glaive du défunt Maximus se dressa seul devant Joseph qui semblait inépuisable.

— Xi occupe-toi de la blessure de Kira et fuis avec elle, je vais le retenir le plus de temps possible, on ne peut pas gagner contre lui rendons-nous à l'évidence. dit Cruz.

— Ne dis pas de connerie Cruz, tu ne tiendras même pas dix secondes contre lui ! répondit Kira blessée.
— J'arrive à peine à bouger, son coup a retourné mes tripes, une telle force n'est pas humaine. Avec Kira on n'arrivera pas à s'enfuir, toi tu cours vite alors sauve ta peau, ou on va tous y rester Cruz. ajouta Xi, en toussant du sang.
— Et vous abandonnez ? Hors de question, ne vous inquiétez pas les filles j'ai un plan, ai confiance Kira je t'ai déjà sauvé une fois, tu t'en souviens, pas vrai ? suivit Cruz.

Tout à coup la peau de Cruz se mit à blanchir, le blanchissement avait commencé depuis les extrémités de son corps et progressait au fur et à mesure, sous le regard apeuré de Cruz qui ne comprenait pas ce qui lui arrivait. Progressivement, ses cheveux noirs perdirent leurs couleurs et devinrent blonds.

— D'abord une vieillesse accélérée et maintenant un albinisme forcé. Le passage affecte les organismes de façon bien trop récurrente lorsque l'on est à côté, je ne serai sûrement plus le même dans une heure si je reste trop longtemps ici. dit Joseph, en regardant Cruz devenu albinos.
— C'est drôle j'ai toujours rêvé d'avoir le cul plus clair. rétorqua Cruz, en rigolant.
— Je t'aurais tué avant même que tu ne puisses l'admirer Cruz. suivit Joseph.
— Si je meurs, tu meurs Joseph. . . dit Cruz.
— Pourquoi ne t'enfuis-tu pas ? Tu veux risquer ta vie pour ces deux femmes, pourquoi ? répondit Joseph.

— Risquer sa vie pour des gens qu'on vient à peine de rencontrer, c'est vrai que ça peut paraître absurde. Mais dans mon cas c'est différent. À cause de tes foutus champions, le samouraï et Frida je n'ai pas pu demander à l'Ermite ce qu'est réellement l'amour. Je suis resté sans réponse à cause de vous les Précepteurs ! En fait je retire ce que j'ai dit tout à l'heure, j'ai aussi une bonne raison de t'en vouloir ! Mais je dois aussi te remercier. suivit Cruz.
— Me remercier ? s'interrogea Joseph.
— Oui, car maintenant je sais ce qu'est l'amour, je sais que la manière dont je l'avais défini ce jour-là était la bonne. Une sensation de bien-être avec quelqu'un suffisante pour sourire, m'exprimer, et oublier le rationnel qui régit nos vies. Cette sensation c'est ce que je ressens avec mes compagnons ! Cette petite aventure et mes amis m'ont donné plus d'amour que je n'en ai jamais eu dans toute ma vie. Alors si je ne m'enfuis pas Joseph, c'est par amour !
— Pathétique, mais si c'est l'amour qui te donne cette force, alors utilise l'amour pour me tuer.

Joseph et Cruz avancèrent l'un vers l'autre lame en main pour en finir. Cruz retira son haut et lâcha son glaive pour garder ses deux mains libres. Il avait dissimulé de la dynamite sous son hoodie orange, et voulait se faire exploser avec Joseph.

— Cruz non ! cria Kira impuissante.
— Recule enfoiré tu vas nous tuer tous les deux ! s'exclama Joseph, prit de stupeur.

Cruz sourit brièvement avant de se faire sauter, emportant Joseph avec lui.

L'explosion souleva une gigantesque fumée noire et provoqua un bruit audible à des kilomètres aux alentours. De gros morceaux de terre s'éparpillèrent à des dizaines de mètres du point d'impact de l'explosion. Il restait de Joseph et Cruz plus qu'un grand cratère, et de la terre qui avait pris la forme de poussière.

— Il l'a fait l'idiot. . . dit Xi, dépitée par le sacrifice de son ami.

Kira et Xi étaient restées silencieuses plusieurs minutes avant de se lever, mais lorsqu'elles se mirent debout un son métallique les figèrent. Ce son provenait du cratère, plus les secondes avançaient, plus le son devenait fort. Horrifiées, les deux jeunes femmes virent Joseph remonter le cratère, avec un manque de panache flagrant.

Il était blessé sur tout le corps et n'avait plus son masque, un de ses yeux manquait. Le grand brun ne paraissait plus si terrible que ça tant ses blessures étaient sérieuses. Les dents de Joseph et ses membres étaient recouverts de sang. Sa démarche si fière, avait été remplacée par une marche boiteuse à la limite d'être tombante.

— Mais comment ! s'exclama Xi, qui toussait toujours du sang.
— Son masque, son armure et son épée sont indestructibles, mais ça n'empêche que ce monstre s'est pris le souffle d'une explosion de plein fouet. Il ne devrait pas être debout ! ajouta Kira.
— Je vous l'avais dit, je l'ai vu (kof, kof), j'irais dans l'Inframonde. Son amour n'était pas assez fort pour moi ! dit l'inéluctable Joseph, en toussant du sang.
— Ah oui ? Et le mien ?

Une voix que connaissaient bien Xi et Kira répondit à Joseph.

Sengo apparu tel un sauveur en compagnie de Jet et Ellie et mit en joue Joseph avec son Mark laser III.

— Jo ! s'exclama Ellie, en voyant son grand frère blessé.
— Ellie ? Tu es vivante je n'y croyais plus ! répondit Joseph, en s'approchant de sa petite sœur.

(Piou)

Sengo tira sur Joseph, ce dernier dévia la lumière verte avec le plat de son épée par réflex.

— Tu as oublié que j'étais là ? Désolé Ellie, mais les retrouvailles avec ton frère se feront au cimetière. dit Sengo.

— Ce fusil ? s'interrogea Joseph, étonné par le faisceau lumineux vert.
— Où est Cruz ? demanda Jet.

Kira était sur le point de perdre connaissance à cause de sa blessure, mais on voyait les regrets sur son visage lorsqu'elle entendit Jet.

— Nous étions impuissants face à Joseph, Cruz n'a pas hésité une seconde à se sacrifier en se faisant exploser. Cruz est mort Jet, pardonnez-moi je n'ai rien pu faire. . . Xi répondit à son petit frère, en serrant les dents et en baissant la tête avec amertume.

Jet fondit en larme la bouche bée et le corps tout tremblotant, Ellie s'écroula à genoux en mettant sa main devant sa bouche, pour étouffer ses gémissements de tristesse. Les deux versèrent de terribles sanglots en apprenant la mort de Cruz. Un autre individu apprit en même temps la mort de son ami, cet amas de rêves et de volontés qui faisait son ipséité, se changea en un gouffre de colère. À défaut de ressentir de la tristesse, Sengo eut à cet instant une rage immense, qui lui fit perdre son sang-froid habituel.

(Piou, piou, piou, piou, piou, piou, piou. . .)

Sengo tira à cadence rapide sur Joseph, le grand brun déviait un à un les tirs avec son épée. Pendant une minute, Sengo canarda Joseph en hurlant de rage. Calculer la trajectoire de tirs aussi rapides était déjà un exploit. Mais réussir à dévier les lumières vertes aussi longtemps, c'était bien trop en demander à un borgne blessé et quasi calciné.

Joseph ne tarda pas à avoir du mal et commençait à favoriser l'esquive au contre, faisant de lui une cible plus facile.

— Putain il a encore la force de faire ça ! s'exclama Xi, impatiente de voir Joseph mourir.

Soudainement les tirs de Sengo cessèrent, son fusil était brûlant et un indicateur lumineux sur le cross affichait « overheating ». Joseph profita de la confusion de Sengo pour lui lancer son épée, Sengo évita l'épée qui s'en alla se planter dans un arbre. Jet reprit ses esprits et mit en joue Joseph avec son pistolet.

— Il n'a plus aucune échappatoire, tire Jet ! cria Kira.
— Attends. dit Sengo en s'interposant, il avait une éraflure sur la joue après l'esquive de l'épée.

— Pourquoi ? demanda Jet.
— Le Mark laser III est en surchauffe et lui n'a plus d'épée, je tiens à le battre moi-même en un contre un, je vais lui casser la gueule pour Cruz. répondit Sengo.
— Arrêtez. . . chuchotait Ellie, qui ne voulait absolument pas voir son frère et Sengo s'entretuer.

Sengo s'avança vers un Joseph désarmé, brûlé, borgne et blessé. Les nuages couvraient peu à peu le ciel, une pluie tropicale semblable au déluge s'annonçait. Le silence régnait au pied des ruines aztèques, dans un espace dont la terre avait été ravagée par l'explosion.

— Sengo, je sais qui tu es. dit Joseph, en regardant son adversaire.
— Ah oui ? répondit Sengo.
— Nos regards s'étaient croisés à São Paulo, le jour où l'esclavage a été aboli. J'ai eu une vision Sengo, toi et moi étions dans l'Inframonde, nous avions réussi. . .
— Il n'y aura pas d'Inframonde pour toi Joseph !

Le combat débuta sous le regard des quelques spectateurs présents. Sengo pratiquait la danse du zèbre aussi appelé n'golo*. Un art martial bien connu des anciens esclaves brésiliens. Il frappa le visage de Joseph du pied droit, avant de devoir esquiver le coup de poing du grand brun. Sengo profita du manque d'appui de Joseph pour essayer de le faire chuter avec une balayette, mais il n'y avait rien à faire, les appuis de Joseph restaient tout bonnement prodigieux.

Joseph riposta en frappant Sengo à la face, repoussant le jeune nègre de quelques pas. Alors que Joseph fonçait sur Sengo pour à nouveau le nuire, Sengo mit une béquille à Joseph qui perdit son appui aussitôt. Le jeune nègre tenta alors à nouveau de faire tomber Joseph, avec succès cette fois-ci.

— Joseph est beaucoup plus lent et moins tenace que d'habitude, il est à bout de forces Sengo peut l'avoir. remarqua Kira.

Lorsque Joseph tomba au sol, Sengo s'assit sur lui pour le battre. Le grand brun se débattit du mieux qu'il put en se prenant les coups. Mais Sengo n'eut aucune pitié pour son adversaire, ses poings étaient recouverts de sang et la plaie à l'œil gauche manquant de Joseph, lui causa une douleur insurmontable.

Les dix premiers coups, Joseph arrivait encore à se débattre. Les cinq coups suivants, le bruit sordide du craquement des phalanges de

Sengo se fit entendre par les spectateurs presque dégoutés de la scène. Six coups plus tard Joseph ne bougeait plus, il laissa libre cours à l'acharnement du jeune nègre déjà vainqueur. Quelques coups suivirent avant que Jet et Ellie accoururent pour séparer.

— C'est fini Sengo, tu as gagné. dit Jet, d'un ton calme et rassurant.
— Grand frère. . . s'exprima Ellie, en s'agenouillant auprès de Joseph.
— Tu as perdu, fumier. s'exclama Kira, qui avait rassemblé ses dernières forces, pour venir cracher à la face de Joseph.

Joseph Gates était réputé pour être l'Homme le plus fort du monde, pleinement conscient de sa force il laissa ses valeureux champions partir devant. Cruz dut même y laisser la vie pour que ses courageux compagnons puissent venir à bout de Joseph. Après une lutte acharnée et le vainqueur désigné, les gagnants s'accordèrent un peu de répit en contemplant l'Homme le plus fort du monde à terre et défiguré. Jet pistolet en main resta à quelques pas de Joseph, Kira était aux côtés d'Ellie encore agenouillée auprès de son frère. Xi resta au pied d'un arbre à observer de loin, Sengo lui se tenait debout devant Joseph avec les mains pleines de sang.

— J'étais très triste d'apprendre ta disparition, sans la pression de père, j'aurais retardé la conquête de l'Inframonde pour sillonner le globe à ta recherche Ellie. dit Joseph, en regardant d'un seul œil sa petite sœur, avec un sentiment de quiétude.

— Je suis désolé grand frère, je ne supportais plus la contrainte religieuse, quand Zak a froidement tué Rita j'ai eu très peur et je me suis enfui. répondit Ellie.

— J'aurais dû savoir que confier ta protection à Zakaria était une mauvaise idée, compte tenu de ton secret. C'est moi qui suis désolé que les choses se soient passées ainsi Ellie. J'ai moi-même imploré le pardon de la famille de Rita. suivit Joseph.

Lorsque Joseph et Kira se regardèrent les yeux dans l'œil, il y eut une sorte de passion, le temps semblait même s'être arrêté, avant que Kira crache à nouveau sur le visage de Joseph.

— Pendejo. ajouta Kira, après avoir envoyé sa salive en ultime signe de non-pardon.
— Si j'avais su que les choses prendraient cette tournure, je t'aurais baisé encore plus fort la dernière fois. rétorqua Joseph, en essuyant le sang et la salive de son visage.
— Puisque l'on parle de ça, j'ai baisé ta sœur Joseph, j'espère que tu partiras l'âme un peu moins en paix. répondit Sengo.

Kira et Jet fixèrent Ellie qui était devenue toute rouge, Joseph dévisagea nerveusement Sengo, s'il avait encore de la force il l'aurait sans aucun doute massacré. Le grand brun reprit son calme et contempla ensuite le ciel.

— C'est drôle, les Hommes se battent tous pour une cause qu'ils jugent juste, ils s'allient entre eux pour cette même cause. Et combattent côte à côte lorsqu'un obstacle commun se présente. En somme, c'est parce que l'intérêt et le gain nous guident, que je vais rester en vie. Vois-tu Sengo, ta haine envers moi, ou même le sacrifice de ton ami, rien de tout cela ne passe avant ton ambition. Je le sais, parce que tu es comme moi. dit Joseph, avec sérénité.
— Certains de tes mots sont justes, tout est marchandable en ce monde, même notre liberté, car nous humains sommes pour la plupart uniquement l'objet de nos désirs. Tu as tué mon ami, volé la liberté de Jet et Xi, et Kira t'en veut pas mal pour je ne sais quelle raison. Alors qu'est-ce que tu as de marchandable contre tout ça Joseph ?
— Je te l'ai dit Sengo, ton ambition. Huit champions m'attendent dans l'Inframonde, si quelqu'un d'autre que moi sort du passage, ils le trucideront. Ils seront sans pitié et contrairement à moi, ils ne sont pas blessés au point de perdre contre toi. En revanche on peut s'arranger, prenons le passage ensemble et je te promets que rien ne te sera fait. Ni à toi ni à tes amis Sengo. En soi tu n'as pas vraiment le choix, si je meurs ici, les Précepteurs vous retrouveront et vous serez tous morts dans l'année. Vois même ce marché comme une faveur que je te fais Sengo, une échappatoire au châtiment qui aurait dû s'abattre sur vous après avoir tué Bao et Natasha.

— ...
— Alors Sengo, la soumission ou la mort ? ajouta Joseph, en souriant.

Sengo grimaça devant la proposition de Joseph, en ravalant sa haine il allait pouvoir sauver ses compagnons d'une mort certaine, mais aussi accomplir ce pour quoi il avait fait tout ce chemin. Faire l'impasse sur la mort de son ami, troqué la justice pour l'accomplissement de son ambition, ou venger autrui et mourir.—J'accepte ton marché Joseph, partons dans l'Inframonde ensemble. répondit Sengo.

— Tu te débrouilles toujours pour t'en sortir, hein Joseph. . . dit Kira, en partant en direction de la forêt.
— Où tu vas Kira ? demanda Sengo.
— Cette aventure touche à sa fin pour moi, plus besoin de devenir une nouvelle déesse ou je ne sais trop quoi, les Précepteurs ne sont plus une menace maintenant. Je retourne à São Paulo où je reprendrais mes fonctions, je suis générale après tout. Mais avant ça j'érigerais la tombe de Cruz dans un magnifique endroit, c'est le moins que l'on puisse faire pour lui. répondit Kira, avant de partir.
— C'est la fin de l'aventure pour moi aussi Sengo, je vais aider Kira et Xi-chan à sortir de cette forêt elles sont toutes les deux blessées, Kira n'ira pas bien loin toute seule. ajouta Jet, en s'en allant dans la même direction que Kira.

Le petit Jet expliqua la situation à Xi, avant de lui demander ce qu'ils allaient faire maintenant.

— Que dirais-tu d'une autre aventure Jet ? demanda Xi en toussant.
— Une autre aventure ? répondit Jet.
— Eh bien, finalement Bly ne nous a pas accompagnés jusqu'au centre de l'Amazonie comme convenu, il s'est même changé en loup, ce qui a juste rendu les choses plus compliquées. Je te propose de retourner au village des caboclos pour se faire rembourser notre or, on le volera si c'est nécessaire.
— Et on fera quoi avec cet or ?
— Hum laisse-moi réfléchir. . . Pourquoi ne retournerions-nous pas en Chine ? Après toutes ces années, j'ai bien envie de retrouver mère.

Ellie pansait les plaies de son frère sous le regard attentif de Sengo.

— Jo si tu ne tiens pas ta promesse je me suiciderais, je suis très sérieuse. dit Ellie, en serrant un bandage au bras de Joseph.

— Tu me connais bien Ellie, je n'ai qu'une parole. Pars d'ici avec tes amis et attends-moi dans la ville la plus proche, l'Inframonde est dangereux je ne peux t'y emmener. répondit Joseph.

21 mai 1888,
une heure après l'embuscade,
dans les ruines aztèques au centre de l'Amazonie.

Sengo et Joseph étaient aisément parvenus à trouver le passage dans les ruines. Il dégageait une telle aura qu'on ne pouvait passer à côté. L'air à l'intérieur des ruines était humide et des centaines de bestioles peuplaient les vieilles briques du temple. Sengo aidait Joseph à marcher en l'épaulant, le jeune nègre et le grand brun se retrouvèrent devant le passage qu'ils convoitaient tant.

Le passage vers l'Inframonde ressemblait de l'extérieur, à un grand miroir qui ne reflétait pas, avec des spirales énergétiques violettes autour.

Il avait une forme ovale et ne mesurait qu'environ dix centimètres d'épaisseur, l'arrière du passage était semblable à l'avant. Le passage vers l'Inframonde lévitait et semblait défier toutes les lois de la physique, comme si rien ni personne ne pouvait influencer son état. Sengo prit en premier le passage, lorsque le jeune nègre entra, une grande lueur blanche l'aveugla.

La seconde d'après Sengo ouvrit les yeux et vit mille et une étoiles, qui l'émerveillèrent comme on émerveille un enfant. Autour de lui il n'y avait qu'étoiles sur fond violet, et devant lui une lueur blanche qui semblait être le bout du chemin.

L'air était respirable et la température, ne faisait qu'une avec celle du corps de Sengo.

Une musique singulière s'entendait en fond, pendant que Sengo avançait vers la lueur blanche en lévitant à grande vitesse, comme par magie. La voix d'un homme chantait les paroles, avec un rythme et un timbre de voix, encore jamais entendus par Sengo stupéfait d'entendre des sonorités aussi entrainantes.

Chaque fois que l'homme finissait une phrase, il était suivi par l'instrumental, ne laissant aucune interruption entre chaque phrase. Les paroles de la musique qui avait commencé dès l'entrée de Sengo dans le passage étaient en anglais :

« Let's go

We see the hype outside (yeah)

Right from the house, uh

Took it straight from outside (yeah)

Straight to the couch

We put the mic outside (yeah)

Air that shit out, uh

You lettin' the Scotts outside (yeah)

We runnin' the scouts

Ain't no controllin' the gang (yeah, yeah, yeah)

They never leave

I got tats over my veins (yeah)

Cause that what I bleed

She drink a lot of the bourbon (yeah)

Like she from the street, uh

We got control of the flows and, huh, uh, uh (yeah, mm) . . . »

Extrait des paroles de « THE SCOTTS » de Travis Scott & Kid Cudi, sorti en 2020.

Tout était si onirique pour Sengo, pendant presque trois minutes il vit l'inimaginable, bercé par une musique d'un autre temps. Sengo se fit de nouveau aveugler par la lueur blanche, avant de mettre le pied vers l'inconnu.

— L'Inframonde j'y suis !

CHAPITRE 17

L'Inframonde

Nul lieu entre l'espace et le temps,
Inframonde.

N'avez-vous jamais été curieux de savoir ce qui se trouve par-delà la réalité que vous connaissez ? Cette réalité établie et inchangée par des lois millénaires, moi Sengo, j'y suis allé, de l'autre côté, dans l'Inframonde, là où se trouvent les réponses à mes questions.

Lorsque je rouvris les yeux, au-delà de voir, je ressentis ce qu'aucun mot ne pouvait décrire. Il faut penser à de nouvelles couleurs, de nouvelles sensations, de nouvelles formes et de nouveaux rêves, pour espérer s'imaginer l'Inframonde.

— C'est donc ça l'Inframonde. dit Joseph.

Nous étions côte à côte subjugués par l'immensité du paradis encore immaculé, se trouvant devant nos yeux. L'expansion du monde que nous connaissions était un miraculeux cosmos de beauté et un assemblage infini de tout et de rien. Un monde si beau à regarder, que Joseph et moi versions des larmes sans comprendre pourquoi. C'était comme si l'encyclopédie du possible et celle de l'irréel, avaient servi de première pierre à l'édifice.

Le sol était presque indescriptible comme tout le reste, il y avait tellement de couleurs, de formes et de matières, que je me trouvai avec la sensation de marcher sur le néant. Les montagnes n'avaient ni logique, ni fin et le ciel, oui ce ciel défiait la cohérence que je m'habituais vite à oublier en avançant dans cette cascade de petits fragments de tout et rien.

— Regarde devant Sengo. dit Joseph.

La faune n'était pas en reste, les espèces animales qui peuplent l'Inframonde appartenaient à des temporalités et géographies différentes. Je vis un grand éléphant aux poils marron joué avec un lion, un dragon tricolore parcourir le ciel, avec sur son dos des sortes de grosses grenouilles. Un troupeau de chevaux et de licornes, mené par un centaure, galopaient dans une plaine rose. Je n'étais même pas surpris lorsqu'une fée s'approcha de nous, l'air de nous saluer.

En marchant un peu plus loin, nous trouvâmes un lac, l'eau était si transparente que tous les poissons étaient visibles. Je pris peur lorsque je vis un requin gigantesque remonter à la surface, il était assez grand pour gober un buffle.

— Ton monde est si beau Siz. dit Joseph.

Pendant que je regardais les pieuvres, les monstres marins et les étoiles de mer, des sirènes étaient venues auprès de Joseph. Elles firent boire à Joseph une eau qui le soigna presque instantanément de ses blessures. Les sirènes toutes aussi ravissantes les unes des autres, rejoignirent ensuite les tréfonds du lac transparent. Joseph se remit sur pied et inspecta son corps, même son œil manquant était là. Le mythe de la fontaine de Jouvence venait de se réaliser devant mes yeux.

— Je suis comme toi à présent, Shaka. dit Joseph.

Soudain un volcan au loin entra en éruption, le volcan était si grand que le paysage déjà bien rempli ne pût l'oublier. Le sol tremblait, la faune s'agitait, mais malgré cela je ne ressentais pas la peur. J'avais la sensation que la mort n'était pas la bienvenue ici, dans ce monde où la réalité se vantait d'être si différente. Ce qui jaillit du volcan ne fut ni roche ni magma, mais des blocs de foudre similaire à celui que Zeus tient dans les illustrations grecques. L'éruption dura moins d'une minute, chaque fois qu'une foudre touchait le sol, elle provoquait une onde de choc destructrice. Durant quelques instants ce fut la fin du monde, mais cela avait l'air si banal dans l'Inframonde, qu'aucune inquiétude ne me guettait.

— Quelle puissance ! dit Joseph.

Une énième foudre vint atterrir à une vingtaine de mètres de nous, elle balaya tout ce qu'il y avait autour, y compris nos petits corps d'humains. Par chance j'avais atterri dans le grand lac transparent,

Joseph lui, avait littéralement était empalé sur un rocher. Les pouvoirs octroyés par les sirènes permirent à Joseph de rester en vie, en échange d'une souffrance que je ne pouvais imaginer.

Mais le danger n'avait pas fini de nous guetter, une déflagration de flammes vertes sorties de nulle part, dévalait la colline au-dessus du lac à toute vitesse. L'arrivée des flammes était imminente, en un instant, elles entrèrent en collision avec le lac. J'avais plongé dans l'eau pour me protéger. Je restai en apnée presque deux minutes, en attendant que la déflagration s'arrête. Joseph était décidément d'une rare ténacité, il avait réussi à quitter le rocher à temps pour plonger lui aussi.

— Ils sont là ! cria Joseph.

Les champions avançaient de l'autre côté de la rive, Joseph meugla le nom de Georges et Médi-Ling pour leur faire signe, ce fut cependant Frida qui nous remarqua dans l'eau. Elle avait étrangement vieilli depuis la dernière fois que je l'avais vu. Une jeune et mignonne championne nous aida à rejoindre la rive avec son lasso, j'appris plus tard qu'elle se nommait Kenna.

— Qui est ce nègre qui t'accompagne Joseph ? demanda Yvan, il avait une tête à faire peur et visiblement son arme de prédilection, était un sabre de sapeur russe.
— Il fait partie du groupe d'ordure qui ont tué Bao, qu'est-ce qu'il fiche ici ! suivit Frida.
— Les explications viendront après, sachez juste que nous avons un accord lui et moi. répondit Joseph.
— Encore une de tes lubies pas vrai Joseph, il est costaud, j'espère qu'il saura se rendre utile contre Siz. dit Yuri, en me regardant de près.
— Oui c'est vrai, nous sommes là pour nous emparer des pouvoirs de Siz. . . répondit Joseph, au ton de sa voix on aurait dit qu'il avait oublié.

Les champions étaient bien au nombre de huit comme l'avait dit Joseph, ils avaient tous des traces de combats et étaient visiblement très épuisés, cependant côte à côte devant moi, ils semblaient invincibles.

— Je m'appelle Sengo, je suis. . .
— On s'en fout de qui tu es, celui qui te hait le plus ici est sûrement Joseph, s'il t'a emmené jusqu'ici c'est forcément par obligation. Tu vas juste nous suivre et essayer de ne pas nous ralentir. dit Kumalo
— Je réitère, je m'appelle Sengo et je suis celui qui a battu le chef que vous idolâtrez tant. Si je suis ici parmi vous, c'est parce que Joseph m'a fait une promesse en échange de sa vie. Alors entre nous ce n'est que de la collaboration, trouvons ce Siz au plus vite. répondis-je, en fixant le champion Kumalo droit dans les yeux.
— Petit insolent, je vais t'apprendre ! suivit Frida.
— Il dit vrai. répondit Joseph.
— !!! Tous les champions reculèrent d'un pas, la confirmation de Joseph les avait abasourdis.
— Tu rigoles j'espère. dit Kayna
— Ce n'est pas vrai, comment est-ce possible ? s'interrogea Yuri.
— Vous n'avez aucune blessure tous les deux, vous vous êtes vraiment battu ? suivit Georges.

Les champions n'étaient plus hostiles envers moi, mais se questionnèrent tous en me regardant fixement. Ils avaient tous rétractés leurs griffes, lorsque Joseph me donna raison.

— Du calme, mes amis, je ne vous ai pas menti, Sengo m'a vaincu. Je crois bien avoir trouvé quelqu'un avec la même ambition que moi. dit Joseph, avec un sourire sincère.
— Que t'est-il arrivé pendant que nous n'étions pas là Joseph, et de quelle ambition parles-tu exactement ? répondit Frida.
— J'avoue que c'est bizarre là et puis depuis quand tu nous considères comme des amis ? suivit Médi-Ling.

Je restai muet tout le long de leur conversation, Joseph portait une sorte d'attache envers moi. Mais qu'est-ce que c'était, pourquoi une figure telle que lui s'intéressait à moi au point de me couvrir ? J'admets ne pas avoir tout saisi à ce moment, c'était comme si Joseph pensait inconsciemment que nous avions un lien.

Ce fut ainsi que je me retrouvais à marcher durant des heures, dans l'Inframonde avec les hommes et femmes, qui étaient mes ennemis jurés. Sur Terre j'aurais très certainement été intimidé, mais pas ici, pas dans ce monde où leurs armes et leurs tenues étaient ce qu'il y avait de moins impressionnant à regarder.

« ... »

— Vous avez entendu vous aussi ? dit Kayla.
— Je crois que ça me l'a fait aussi. suivit Joseph.
— Je n'ai rien saisi, on dirait que ça venait directement de ma tête. répondit Yvan.

J'ai aussi été témoin de la même chose qu'eux, j'entendais des sons étranges dans ma tête, la sensation était très dérangeante. C'était comme si quelqu'un avait le contrôle sur mes fonctions cérébrales et pouvait directement, me faire comprendre des sons.

« J'oubliais, les êtres vivants issus de l'extérieur de mon monde ne peuvent comprendre cette fréquence. Je vais vous parler en utilisant une fréquence adaptée et votre langage. »

— Par Týr, quelqu'un vient de me parler j'en suis sûr, Yuri ce n'est pas le moment d'être taquin ! dit Frida.
— Ce n'est pas moi la vieille et puis moi aussi j'ai eu cette voix dans ma tête ! répondit Yuri.
— Arrêtez de vous chamailler et regardez là-haut, le voilà. dit Joseph.

L'autre lévitait au-dessus de nos têtes en nous regardant tel l'être supérieur qu'il était. Il avait la carrure et la taille d'un homme, ses muscles étaient parfaitement dessinés sans pour autant être trop gros. Il était nu, sans appareil génital et avec une peau recouverte d'une énergie verte. Ses yeux étaient homogènes au reste de son corps, sa chevelure s'arrêtait à son cou, coloré de la même couleur.

Son corps était tout simplement entièrement vert et luisant.

« Dix humains ? Peu importe, je sais qui sont les anomalies. »

— Il recommence à parler dans ma tête, ça commence à m'énerver !
s'exclama le champion Yuri, j'avais remarqué qu'il était le plus nerveux d'entre eux.
— Joseph c'est lui ? demanda Georges.
— Oui c'est lui, le Tout puissant, celui au-dessus de tout, Dieu, c'est bien Siz. répondit Joseph.
— Ne comptez pas sur moi pour combattre avec vous, Ellie m'a raconté comment la secte des Précepteurs a vu le jour et il n'y a aucune preuve, que Siz a perdu en puissance. disais-je.
— Reste spectateur nègre et admire plutôt se dont sont capables, les meilleurs guerriers du genre humain. Joseph le signal ! s'exclama Kayla.
— Champions, c'est l'heure de l'affrontement final, à l'attaque ! s'exclama Joseph en partant à l'assaut le premier.

« Je relève votre défi. »

Les champions suivirent Joseph armes en poing, ils couraient si vite, les aptitudes physiques qu'ils démontraient n'avaient plus rien d'humain. Joseph bondit de plusieurs mètres dans le ciel pour atteindre Siz avec son épée. L'autre fit pleuvoir une vingtaine de pieux géants sur les champions, le grand brun terrible dut rajuster la trajectoire de son saut pour esquiver. Les pieux de roches frappèrent le sol très fort, soulevant une fumée de poussière qui m'obstrua la vue quelques instants. Lorsque la poussière se dissipa, je vis les neuf Précepteurs sur un pieu chacun, regardant Siz qui n'avait pas bougé.

« Vous êtes impressionnant. »

— Tu n'as encore rien vu ! répondit Kumalo.

« Vous non plus. . . »

Je m'étais éloigné d'un kilomètre environ pour observer le combat à l'abri, cependant ce qui suivit me questionna sur ma sécurité. Un raz de marée fonçait sur les champions, la puissance de l'eau balayait absolu tout, l'impact sur les champions était imminent.

— Prenez appui dans la roche ! s'exclama Frida.

Les champions frappèrent les pieux sous leurs pieds si fort, que leurs jambes se retrouvèrent enfoncées dans la roche. Ce coup de génie leur permit d'avoir de la hauteur et un appui. La force physique des champions m'avait tellement impressionné à ce moment-là, que je les avais regardés avec l'admiration d'un gamin.

« Ce n'est que le début. »

Les champions n'eurent le temps de reprendre leur souffle après être restés en apnée, que Siz envoya des boules de feu de la taille d'une maison depuis le ciel, je sentais de là où j'étais la température monter.

— Tous à l'eau ! cria Joseph.

Les neuf guerriers sautèrent tous in extrémis dans le courant d'eau, créé par Siz précédemment. Aussitôt que les boules de feu atteignirent l'eau, elle se condensa avec la chaleur, créant instantanément une immense buée. Dans laquelle les champions n'y voyaient plus rien.

« Et maintenant la deuxième vague. »

— Encore ! Et celles-ci sont bleues ! gueula Yuri.

Siz attaqua de nouveau les champions avec des boules de feu, plus chaudes, plus rapides et plus grandes encore que les précédentes. Les champions couraient dans tous les sens pour éviter au mieux l'impact, parfois de justesse. Lorsque la déflagration s'arrêta, un champ de bataille était bien soigneux en comparaison du sol sur lequel les champions posaient fièrement pied.

— Mange-toi ça ! s'exclama Kenna, en tirant sur Siz.

La balle s'arrêta devant Siz, je ne voyais pas bien à la distance à laquelle j'étais, mais on aurait dit qu'une force invisible avait arrêté la balle.

« Un vulgaire morceau de ce que vous appelez teo-adversus, propulsé sur ressort. Vous êtes loin de tout connaitre sur cette matière, saviez-vous qu'elle se fige avec la foudre ? »

— Jetez vos armes, vos masques et vos armures, vite ! dit Médi-Ling.

Sans se poser de question, les champions se débarrassèrent de tous leurs équipements en teo-adversus. Siz fit pleuvoir de puissants éclairs, les chances de survie à une telle attaque devaient être quasi nulles. J'assistai à une confrontation digne d'un chapitre de roman épique, où les héros se retrouvaient devant une force qu'ils ne pouvaient surpasser. Le sol se soulevait à chaque grondement de tonnerre, Siz était bel et bien Dieu en personne, mais les champions eux étaient les meilleurs. Je commençais peu à peu à les encourager, frémir à chacune de leurs tentatives, prendre peur lorsqu'ils échappèrent de peu à une attaque du Tout puissant.

— On dirait une catastrophe naturelle ambulante, comment on est censé le battre ! cria Georges.
— Je ne sais pas, mais il faut contre-attaquer, on ne fait qu'éviter la mort depuis tout à l'heure ! répondit Yvan.
— Laissez-moi faire ! suivit Joseph.

Joseph s'élança en zigzaguant entre les obstacles du terrain accidenté, après avoir repris son épée immobilisée au sol par la foudre. Avant de bondir pour tenter une nouvelle fois de décapiter Siz, qui depuis le début de l'affrontement gardait sa position en l'air.

« Dégage. »

En un instant, une bourrasque balaya Joseph et les champions, j'eus moi-même du mal à rester debout. Le vent souffla si fort que Joseph se retrouva immédiatement au sol, les valeureux champions connurent le même sort et finirent clouer un à un dans la roche.

— Sans l'armure, ça fait mal. dit Kenna.
— On peut dire que c'était une répulsion céleste. suivit Georges.
— Les gars vous êtes en vie ? ajouta Frida.
— C'est à toi qu'on devrait demander ça la vieille. répondit Yuri.
— Je croyais que Siz avait faibli après avoir créé l'univers, mais là j'ai mal au dos. dit Yvan.
— On peut plus faire marche arrière, jusqu'au bout champions. répondit Kumalo.

« Moi faiblir ? Je suis celui qui a inventé la fatigue ! »

— !!! J'étais ahuri, toutes les attaques de Siz n'étaient rien en comparaison de celle-ci.
— Qu'est-ce qu'il nous fait encore ? Moi j'abandonne, c'est la fin. dit Kayla, en lâchant son arme.
— C'est donc ça le pouvoir de Dieu. suivit Médi-Ling.

Une ombre gigantesque couvrait l'espace sur lequel combattaient les champions, le ciel se scinda, et les nuages s'écartaient pour laisser place au énième cataclysme de Siz. Le Tout puissant projeta littéralement une météorite sur les Précepteurs.

— Les gars ce n'est pas fini ! Courez le plus loin possible, je vais ralentir cette météorite ! s'écria Joseph.
— Arrête tes conneries ! Même toi tu n'en es pas capable ! dit Frida.
— L'impossible est une norme ici Frida. répondit Joseph.

« Que vas-tu faire face à neuf astéroïdes ? »

— Neuf quoi ?! s'écria Kumalo.

Soudain une autre ombre gigantesque plana au-dessus de ma tête, c'était une nouvelle météorite qui fonçait droit sur les champions. Sept autres comètes se firent voir à l'horizon, elles convergeaient toutes en un seul point. Deux secondes plus tard, les astéroïdes s'écrasèrent les uns contre les autres sur les champions. L'atterrissage de chaque météorite causa un vacarme à rendre sourd et des secousses dignes d'un séisme. Dieu venait de faire s'abattre sa sentence divine. J'étais le spectateur d'une collision de monde, et du jour du jugement dernier en même temps. En voyant ces énormes blocs de roche se jeter sur les malheureux champions, j'eus du mal à réaliser l'ampleur des moyens déployés pour les tuer.

J'attendis une dizaine de minutes pour me rendre sur les lieux du désastre, je parcourais prudemment la ville de roche à la recherche de survivant, en vain. En avançant dans le paradis détruit, j'entendis la voix de Joseph hurlant de douleur. Ses jambes étaient écrasées par un rocher, il n'arrivait pas à se dégager et ses pouvoirs de régénération l'empêchaient de périr.

— Aide-moi Sengo ! Prends mon épée et coupe mes jambes !
— T'aider ? Tu as tué mon amie, Cruz est mort à cause de toi Joseph.
— C'est insupportable s'il te plaît Sengo ! Mes jambes se régénèrent et se font broyer en même temps !
— On a toujours ce que l'on mérite Joseph, toujours, en bien comme en mal, quand ce n'est pas le cas, on a un sentiment d'injustice ou de chance. Est-ce que tu penses que ta souffrance est injuste ?

« Vas-tu le sauver ? »

Siz apparut à côté de moi par téléportation, tandis que Joseph continuait d'hurler de douleur.

— Non je ne l'aiderai pas, il restera coincé sous ce morceau de comète à ton bon vouloir Siz.

Siz fit disparaître le rocher qui bloquait les jambes de Joseph, sauvant le rescapé d'une souffrance inimaginable.

« As-tu compris la leçon ? »

— Je. . . Oui seigneur Dieu Tout puissant. répondit Joseph, après s'être assagi.

Siz avait soumis Joseph par la peur, comme nous autres anciens esclaves, l'étions autrefois. Mais la comparaison était fortuite, car Joseph avait si peur du Dieu devant lui, qu'il n'arrivait pas à le regarder droit dans les yeux.

« Que pensiez-vous faire contre moi ? Avec vos lances, fusils et armures, honnêtement ? Regarde autour de toi Joseph, ça c'est la réalité, celle que j'ai décidé. Je suis omniscient, omnipotent et omniprésent, des mots bien au-delà de ta simple conscience d'humain. Je n'ai aucune barrière, le temps, l'espace, la réalité, la matière, la création, je contrôle absolument tout. J'ai tous les pouvoirs, je suis littéralement la parfaite incarnation de ce que vous appelez communément un Dieu. »

— Siz, pourquoi nous avoir épargnés ? demandais-je.

« C'est parce que je sais pourquoi vous êtes ici, je vais répondre à vos questions Sengo et Joseph. Les choses ont commencé à se mettre en place, il y a des milliards d'années... »

CHAPITRE 18

Billions of years ago

« Je suis originaire d'un groupe de Dieux sans nom, sans nombre. Nous sommes ce que vous appelleriez des créateurs de monde. Il existe autant de créateurs qu'il existe d'univers, mais je vais uniquement vous parler du mien, un univers sans nom lui aussi. Lors de l'instant zéro, j'ai conçu quatre forces, avec pour objectif de régir l'univers de lois intransgressible : l'interaction forte et faible, la gravité et l'électromagnétisme. Ce qui est bien moindre en comparaison des univers de mes semblables.

Dans le processus d'expansion, j'ai peu à peu créé la température et tout ce qui s'en accompagne, la matière, la lumière puis des atomes neutres. Pour automatiser le fonctionnement de mon univers, j'ai imaginé un nombre incalculable de formules physiques et chimiques. Que vos savants tentent de découvrir au fil des âges, pour améliorer leur compréhension et leur inventivité.

Si tout est si bien fait autour de vous, c'est bel et bien parce qu'il y a une intelligence derrière. Mais il manquait quelque chose à mon univers, quelque chose qui le rendrait, vivant. C'était donc par ce premier concept qu'est la vie que j'ai créé l'existence.

J'ai conçu des mondes réunissant les conditions nécessaires à héberger cette vie un peu partout. Il y a par exemple le vôtre, la Terre, le monde qui m'a le plus amusé je dois avouer. Progressivement les composants organiques que j'ai créés avec la capacité de pouvoir s'associer et d'évoluer, ont commencé à émettre les premières formes de vie.

Ainsi pour qu'elle ne s'arrête jamais, j'ai insufflé en chaque être vivant un « souffle de vie .

Ce souffle ordonne à la vie de se multiplier, le devoir de s'alimenter, de s'adapter à son environnement et de sanctionner par la peur, quiconque irait à l'encontre de sa volonté.

Le souffle de vie est aussi bien responsable de l'angoisse devant une mort imminente, que de la bienveillance presque inexplicable pour vous, envers les nourrissons et les porteuses de vie. Mais encore de votre volonté à laisser une trace de votre passage sur Terre. Et lorsque ce souffle de vie commence à se perdre, la dépression et l'envie de suicide s'immiscent en vous. En somme, le souffle de vie est un ordre venant d'en haut, auquel les humains obéissent au quotidien sans même s'en rendre compte. Les ressources nécessaires à la vie sont volontairement en quantité limité sur chaque environnement, pour inciter la vie à se propager partout. Pour perpétuer cette vie, vos cellules vieillissent, limitant votre rôle dans la propagation par le temps. Pour que la vie perdure, elle doit se régenter.

Il y a néanmoins autre chose dans le processus de création, c'est cet élément outre votre volonté, qui vous a emmené jusqu'ici Sengo et Joseph... »

« Dans ma conception des choses, l'univers se devait d'être divertissant. Mais les formes de vies initiales et celles qui ont suivi ne l'étaient pas assez. »

— Alors qu'as-tu fait Siz ? demandais-je au Tout puissant.

« J'ai de nouveau créé Sengo, je crée toujours. Cette fois-ci ma création devait être elle-même inventive, pour que jamais le divertissement ne s'arrête. J'ai exterminé les dinosaures qui peuplaient la Terre il y a des millions d'années, à une époque où l'Homme n'aurait eu aucune chance de survie. Puis j'ai façonné des êtres bipèdes, doués d'une intelligence et une créativité similaire à la mienne, c'étaient les premiers humains. »

— À quoi ressemblaient-ils ? demanda Joseph.

« Ils étaient peu différents, plus forts et moins intelligents, mais dotés eux aussi du souffle de vie et donc de la capacité d'évoluer. »

— Où voulais-tu en venir en créant les humains Siz ? demandais-je.

« J'y viens Sengo, mais avant changeons d'endroit. »

Le paysage se modifia subitement, cela ne m'étonna pas après tout ce que j'avais vu. Nous étions dans une grande salle cubique et transparente aux reflets violets, dans l'espace, au-dessus de la Terre.

— Notre monde est si beau vu d'ici. dit Joseph.
— C'est vrai, on pourrait presque oublier les horreurs là-bas en la voyant comme ça, toute grosse et bleue. suivis-je.
— Pourquoi avoir choisi cet endroit Siz ? questionna Joseph, en se tournant vers Dieu.

« Vous comprendrez très bientôt, pour l'instant, écoutez. Il existe une infinité de réalités dans mon seul univers et elles ont toutes un point commun, une fin. »

— Une fin ? Que veux-tu dire par là ? demanda Joseph.

« En créant les humains, j'ai aussi créé un jeu, ou plutôt des milliards de jeux. Les règles varient d'une réalité à l'autre, cependant tous les jeux ont le même commencement, c'est-à-dire le début de l'activité humaine sur Terre. Tout bon jeu se doit d'avoir une fin, pour garder du suspens et être le parfait spectateur de ma création, j'ai manipulé ma propre omniscience afin de ne pas connaître le dénouement des jeux. Laissant l'aléatoire des guerres, des avancées technologiques, des découvertes et de la nature humaine, m'amuser de siècle en siècle. L'Homme inventif et rêveur qu'il est a lui aussi imaginé des tas de fins à son propre monde transcrit par la religion, dans des livres de fictions et bien plus dans le futur que vous ne connaissez pas. Mais parlons de votre réalité Sengo et Joseph, j'y ai volontaire introduis un passage vers l'Inframonde qui change chaque siècle d'emplacement. Le passage modifie hasardeusement ses environs et il arrive aussi que des objets, des maux ou des créatures de l'Inframonde s'en échappent. La règle est simple, les premiers humains qui parviendront à trouver le passage vers l'Inframonde et qui arriveront à s'y aventurer, finiront le jeu. »

— Alors Dieu est bel est bien tout sauf bon, l'idée de n'être que le jouet d'un être supérieur est assez terrifiant. dit Joseph.
— Un jeu ? Et dans tout ça qu'est-ce que j'étais ? Non, qu'est-ce que nous étions ?! Des nègres nés esclaves et mort esclaves, en quoi ton stupide jeu à échelle planétaire avait besoin de ça ? suivais-je, avec colère.
— Du calme Sengo, n'oublie pas qui il est. répondit Joseph.
— Ferme ta putain de gueule Joseph, il t'a brisé espèce de soumis !

— ...

Joseph avait perdu toute volonté et combativité, son charisme Siz l'avait évincé en le torturant par la peur.

Quand j'y repense, c'était tout à fait normal, le Tout puissant a tué ses camarades restant devant ses yeux et avait montré à Joseph, que la force qui le rendait si supérieur aux autres, n'était rien en comparaison de la sienne.

La colère bouillait en moi, l'être verdâtre devant moi avait laissé libre cours à toutes mes souffrances et celles de mes confrères, dans le seul but de s'amuser. Il disait nous avoir créé à son image, mais lui ne connaissait ni la souffrance, ni la peur. J'en étais persuadé, j'étais sûr qu'il y avait un créateur à l'origine du miracle de la vie. Mais en vérité, j'aurais préféré ne trouver personne dans cet Inframonde, j'aurais préféré ne pas savoir que notre monde est un piège, que ma condition d'esclave et les horreurs que j'ai vécu, quelqu'un pouvait y remédier par simple bonté. J'étais déçu de savoir que Siz, était bel et bien la sale enflure que j'avais imaginé.

— J'ai rétabli la vérité, l'origine de la vie elle-même n'a plus de secrets pour moi, ma quête fût sans pareil et mes sacrifices si nombreux. Tout ça pour me retrouver là devant à toi, toi qui as tant, mais qui nous as donné si peu, toi qui nous as laissés là sans rien. Pourquoi ?

« Tu dois voir la réalité en face Sengo, ma réalité. Même les sentiments que tu ressens en ce moment sont créés de toute pièce. J'ai inventé l'intégralité des concepts telle que, la sagesse ou la jalousie, qui font de toi un humain. Tu me reproches d'avoir laissé faire les pires d'entre vous, tu me reproches d'être à l'origine du mal. Il est vrai que je peux changer tout ça d'un geste de main, cependant c'est impossible pour la simple raison que les concepts de l'Homme, ont tous besoin d'un opposé pour exister, sans exception.

Toute lumière possède une ombre, c'est comme ça. J'ai tenté d'insuffler le bien en vous, en omettant le mal, mais il n'y avait rien à faire. Il était impossible pour l'humanité de ressentir le bien, sans mal autour, ces deux concepts sont si liés qu'ils ne peuvent être séparés. Alors j'ai donné à chacun de mes concepts l'équilibre, pour que l'Homme puisse lui-même choisir le positive ou le négatif. Vous êtes entièrement libre de choisir entre l'amour et la haine, la productivité et la procrastination, la guerre ou la paix. Les sentiments que vous ressentez doivent vous guider. Le dégoût d'une vision, la culpabilité d'un acte, l'amour soudain pour quelqu'un, ou le sentiment d'accomplissement lorsque vous mangez le fruit que vous avez semé. Ces sentiments sont les seuls guides que je vous ai donnés, pour mener une vie allant dans le sens de ma volonté. Mon divertissement repose sur vos choix et votre nature, la seule chose que j'ai pu faire c'est relativisé vos émotions et sentiments.

Il y a juste des points de vue, dont une majorité d'entre vous a imposé la perception avec ce que vous appelez lois ou encore religion. Je vous observe depuis le début, vos choix sont bien souvent guidés par l'intérêt. J'ai vu tant de massacres et de villes en ruines, par simple procuration, des terres ravagés pour de l'or et des champs incendier pour punir. Inutile d'ajouter que vos choix ont mené l'humanité à son extinction, dans des milliards de réalités.

En vérité je vous ai tant donné, une Terre, la vie, de la liberté. Qu'est-ce que vous en avez fait ? »

— Il a raison Sengo, j'ai rencontré un jeune esclave plusieurs jours avant d'entrer dans l'Inframonde. Il désirait mettre fin à sa vie, il voulait mourir libre. J'ai longtemps parlé avec lui, toute la nuit à vrai dire, mais au moment de sauter à l'eau, il n'avait toujours pas compris pourquoi lui. Je suis parfaitement conscient du mal engendré par ma famille et moi-même, pourtant j'ai rarement éprouvé des remords, comme si j'avais toujours accepté d'être un connard. Le seul à priver l'Homme de liberté, c'est l'Homme lui-même. Le jeu de Siz n'a pas grand-chose à voir avec ce qui t'étais arrivé Sengo, on a tous notre libre arbitre. dit Joseph, en regardant la Terre avec amertumes.

« Sengo, Joseph je vais vous montrer, faisons quelques voyages dans d'autres réalités. . . »

CHAPITRE 19

Les voyageurs temporels

27 octobre 2034,
Chicago, États-Unis.

Sans comprendre pourquoi ou comment, nous avions instantanément voyagé dans le temps. Chacun de mes regards était noyé d'éléments que je ne connaissais pas, mais j'étais sûr d'une chose, c'était dans le futur que nous avions voyagé.

Après avoir scruté les environs du parc dans lequel nous avions atterri, deux choses m'intriguèrent dont l'une plus que l'autre. La première était ce géant haricot métallique à effet miroir, auprès duquel des dizaines de personnes prenaient des photos.

La deuxième chose plus surprenante était la présence d'humanoïdes aux traits de reptiles. Ils étaient mélangés à la foule et ne semblaient pas déranger. Les reptiles bipèdes étaient tous d'une taille moyenne plus grande que celle des humains, leurs peaux étaient couvertes d'écailles. Que dire de leurs visages, ils n'avaient pas de nez, mais juste deux orifices, des yeux aux pupilles de serpent. Ainsi que des creux et des bosses sur leurs crânes dépourvus de cuir chevelu. Quelques-uns d'entre eux avaient même une queue verte et écaillée, comme le reste de leurs corps.

— Que sont-ils ? demanda Joseph.

« D'abord, sachez que nous sommes aux États-Unis un siècle et demi après l'an 1888, dans une réalité bien différente de la vôtre. Ici je n'ai pas exterminé l'intégralité des dinosaures. J'en ai même doté d'un de l'intelligence et d'une capacité d'évoluer, similaires à celles de l'Homme. Ces êtres sont les descendants d'une espèce de dinosaure nommé trodon, les humains de cette réalité les appellent les Reptiliens. La cohabitation que vous voyez là, c'est fait au prix de nombreuses guerres raciales entre Hommes et Reptiliens. »

— Quelle est la fin du jeu dans cette réalité ? demandais-je à Siz.

« La fin du jeu, eh bien elle arrivera lorsqu'un enfant mi-humain mi-reptilien naitra. À vrai dire je crois qu'elle est proche, les progrès des deux espèces sur la génétique se sont accélérés, depuis qu'ils collaborent main dans la patte. »

— Main dans la patte ? Tu fais de l'humour maintenant ? dit Joseph.

« Ce n'était pas de l'humour, mais un dérivé de l'une de vos expressions adaptées à cette réalité. »

— Euh. . . Je me disais bien. suivit Joseph.

« On continue. »

12 avril 1991,
Villeurbanne, France.

— Où nous as-tu emmenés cette fois-ci ? demandais-je.

« Nous sommes toujours dans le futur, un siècle après l'an 1888 dans une ville de France. »

Il faisait beau, la ville dans laquelle Siz nous avait emmené regorgeait de chantiers.

— Désoler monsieur ! s'exclama un jeune garçon, qui venait de me bousculer.
— Attends petit, où cours-tu comme ça ? demandais-je au jeune garçon.
— Madame Zoé distribue des crêpes aux enfants comme chaque vendredi, il risque de ne plus y en avoir si je ne me dépêche pas ! répondit le jeune garçon.

Je n'avais pas fait attention lors de notre précédent voyage dans le temps, mais les autres pouvaient nous voir et même nous toucher. Cela m'avait si surpris que ce jeune garçon puisse me parler, que je lui demandai où allait-il, sans vraiment m'y intéresser. Peut-être était-ce pour être sûr de ne pas avoir halluciné.

« Suivons ce jeune homme. »

— Allons-y, j'ai bien envie de goûter des crêpes du futur. suivit Joseph.
— Siz peuvent-ils te voir aussi ? disais-je.

« Il est évident que non, les voyages temporels sont dangereux, ma simple présence pourrait changer quelque chose dans le cours de l'histoire de cette réalité. »

Deux rues plus tard, une foule d'enfants courait dans tous les sens comme des petits cafards. Le jeune garçon qui m'avait bousculé faisait la queue avec une vingtaine d'autres enfants, auprès d'une vieille dame à lunettes assise derrière une table. Il s'agissait assurément de cette madame Zoé, elle avait l'air si bienveillante. Madame Zoé s'assurait que chacun des enfants qui se présentaient à elle repartait avec une crêpe et de l'eau fraîche.

« Voici un parfait exemple de bonté, elle n'en est pas au courant, mais elle souffre d'une grave infection au cœur, ses jours sont comptés. Il n'y aura pas de distribution de crêpe la semaine prochaine. »

— . . . Joseph et moi regardions empathique, madame Zoé donnait le sourire à des dizaines d'enfants, pour la dernière fois.

« Maintenant regardez les adultes plus à droite, ils sont les parents de quelques-uns de ces enfants. »

Ces adultes affichaient tous un air mesquin, tout l'opposé de madame Zoé qui donnait grassement des crêpes à leurs enfants.

— Qu'est-ce qu'ils sont en train de dire Siz ? demanda Joseph.

« L'un dit que son fils, c'était plaint de maux de ventres après être revenu à la maison le vendredi dernier. Un autre insinue même que la vieille dame fait tout cela, car depuis qu'elle est veuve elle a besoin d'attention. Et pourtant je peux vous assurer que la vieille dame fait tout cela, par pure générosité. »

80 apr. J.-C.,
Rome.

« Nous voilà au cœur de Rome, là où la décadence humaine et le sadisme sont poussés à leurs paroxysmes, j'ai nommé le Colisée. »

— J'ai déjà visité cet endroit plus jeune avec père, c'est donc à ça que ressemblait le Colisée auparavant. suivit Joseph.
— Je ne comprends pas, quel est cet endroit ? Mon professeur Nell, il ne m'en avait jamais parlé. disais-je impressionner.

Siz nous avait emmenés cette fois-ci dans les gradins d'une arène géante. L'infrastructure était incroyable, je n'en revenais pas que les Romains avaient réussi à bâtir un tel édifice à une époque si lointaine. Des milliers d'hommes et femmes clamaient l'arrivée de l'empereur qui venait de faire son apparition dans la loge la mieux placée.

« Les voilà. »

— Qui sont ces guerriers ? demandais-je.
— On les appelait des gladiateurs Sengo, ils sont pour la plupart des esclaves vouant leurs vies à la satisfaction sanguinaire des Romains. En d'autres termes, ils sont ici pour combattre et mourir. répondit Joseph.

« Nous sommes en l'an 80 dans de votre réalité, l'empereur Titus a décidé d'inaugurer l'achèvement du Colisée par 100 jours de jeux. La foule que vous entendez, ils sont des milliers à venir de très loin, dans le but de voir des hommes s'entretuer, ou se faire dévorer par des lions. Des centaines de gladiateurs mourront au cours de ces jeux, pour le divertissement et la grandeur de Rome. »

— Que deviennent les vainqueurs ? demanda Joseph.

« S'ils échouent, ils meurent, s'ils réussissent, ils combattent de nouveau. Voilà ce qu'il se passe lorsque l'Homme décide de laisser les concepts négatifs prendre le dessus, le mal existe bel et bien, ces Romains l'ont banalisé pour en faire un jeu. Il y a une dernière chose que je souhaiterais vous montrer, continuons. »

21 juillet 2021,
Lisbonne, Portugal.

— Je reconnais ici, c'est chez moi. dit Joseph, en scrutant les alentours.

— Pourquoi portent-ils tous des masques ? suivais-je.

« Nous sommes en l'an 2021 de votre réalité encore une fois. Les habitants du monde entier portent des masques, depuis plus d'un an maintenant, en raison d'une pandémie. Mais cette pandémie n'est qu'une façade, cachant un dessein sombre des Précepteurs. »

— Les Précepteurs existent toujours ?! Attends Siz, dis-moi d'abord quel est le nom de leur chef ? demanda Joseph.

« Sengo III Gates, félicitations Sengo tu es père. »

— Je. . . Attend quoi ? Ellie est enceinte ?! criais-je heureux et surpris à la fois.

« En l'an 1889, Ellie va accoucher d'un enfant, qu'elle nommera Iron Gates. Joseph étant toujours porté disparu, le nouveau-né deviendra le seul Gates légitime à prendre la place de gourou suprême. »

— C'en est déjà trop pour moi, une pandémie tu disais ? suivit Joseph.

« Bien, la Terre connait depuis 2019 une pandémie obligeant tous les gouvernements à prendre des mesures inédites pour y faire face. Dans exactement 30 ans, soit en l'an 2051, le monde occidental connaîtra des pénuries de diverses matières premières, des catastrophes naturelles répétées, des crises migratoires et un niveau alimentaire faible, selon les prévisions des Précepteurs. Pour pallier cela, les Précepteurs ont choisi de purger. »

— De purger ? Ce virus est si mortel que ça ? demanda Joseph.

« Il ne s'agit pas du virus en lui-même, mais du vaccin distribué aux populations par les gouvernements. Le vaccin est lui aussi conçu par les Précepteurs, une dose sur quatre possède des effets secondaires mortels. Dans l'idéal pour les Précepteurs, d'ici une dizaine d'années, un quart de la population terrestre mourra. Ils veulent régenter la vie de force, finalement les Précepteurs ont toujours inspiré à être des Dieux. »

— Un quart c'est énorme. Est-ce vraiment la bonne solution ? disais-je.
— Manipulé des gouvernements et en obtenir sa force de pression auprès des populations, pour obliger les honnêtes gens à se faire vacciner. C'est bien un de nos stratagèmes, heureux de voir que les Précepteurs n'ont pas changé. suivit Joseph, la mine réjouie.
— Siz, pourquoi nous avoir montré tout ça ? demandais-je.

« Je vais vous l'expliquer, mais avant revenons dans la salle cubique. »

Quelque part dans le temps,
Salle cubique.

De la même manière que nous avions disparu, nous étions réapparus dans la salle cubique au-dessus de la Terre.

« Sengo, Joseph, si je vous ai fait faire ces voyages temporels, c'est pour vous montrer la nature de l'Homme, sous un angle nouveau pour vous. Mais aussi vous faire comprendre qu'un détail moindre peut changer radicalement les choses d'une réalité à l'autre. Lorsque le jeune garçon t'a bousculé Sengo, une réalité alternative à celle dans laquelle nous étions s'est créée, sans pour autant avoir une fin de jeu différente. Chaque réalité originelle possède une fin de jeu et ses propres sous-réalités ou réalités alternatives, que l'on pourrait nommer multivers. Vous êtes tous les deux issus d'une de ces réalités alternatives. »

— Je comprends mieux pourquoi tu avais dit que les voyages temporels sont dangereux, si ces réalités sont comme des miroirs, alors modifié le futur ou le passé de l'un, crée une incohérence dans l'autre. suivais-je.
— (Tss) Dans le futur comme le passé, la nature de l'Homme ne change pas. Il y a eu et il y aura toujours des meurtriers, des violeurs ou des inégalités. Ce monde qui sied en dessous ne mérite vraiment pas d'être sauvé. Toujours les mêmes erreurs, ça ne s'arrêtera jamais. dit Joseph, l'air déçu.

Un temps de pause s'imposa, le silence qui régnait dans la salle cubique durant quelques secondes comme si nous attendions.

Les paroles de l'Ermite, l'incroyable mystère de la vie, les kanda de Bly, l'Inframonde et bien plus, absolument tout prenait sens. J'avais réussi, toutes les vérités auxquels j'aspirais se trouvaient dans le creux de ma main.

Je regardai de nouveau la Terre avec l'impression de ne plus y avoir quelque chose à y faire, je la regardais comme l'humain devenu Dieu.

— Siz, depuis la première fois que j'ai vue Sengo j'ai toujours eu l'impression que nous étions liés, pourquoi ? demanda Joseph.

« Vous êtes de véritables anomalies, les seules que j'ai commissent lors de toutes mes créations. Contrairement au reste des mortels, vous avez grandi avec la conviction et la certitude que me rencontrer était possible. C'est d'autant plus incroyable pour toi Sengo, car à l'inverse de Joseph tu n'as pas eu l'enseignement des Précepteurs pour alimenter ton ambition. Vous êtes de loin les Hommes qui croient le plus en Dieu, c'est ce lien qui vous unit. Il est maintenant temps de vous révéler pourquoi je vous ai emmené dans cette salle cubique, regardez attentivement au loin de la Terre. »

— Ne fais pas ça Siz arrête ! s'exclama Joseph.

« Que t'arrive-t-il Joseph, tu es bien celui qui disait que le monde ne méritait pas d'être sauvé ? »

— Ma. . . Ma sœur Ellie va. . .

Je tournai la tête pour regarder aux alentours de la Terre comme l'avait demandé Siz. Je n'en croyais pas mes yeux, mais c'était bien réel, un astéroïde faisant deux fois la taille de la Terre allait entrer en collision. Le cataclysme allait être si grand que s'en devint presque absurde, Siz voulait tout simplement détruire la Terre.

« Le jeu est terminé, cette réalité n'a plus à exister, il en va de même pour les réalités alternatives à celle-ci. Cet astéroïde va implacablement rayer toute forme de vie sur Terre dans les minutes qui suivent. J'ai détruit des milliards de mondes ainsi et pour la même raison, le vôtre ne fera pas exception. »

— Évidemment cette histoire ne pouvait pas finir en happy ending. dit Joseph.
— Mais comment est-ce possible, tu nous as montré le futur de notre réalité et la Terre existait ! suivais-je.

« Ce que vous aviez vu était bien le futur, en entrant dans l'Inframonde vous êtes devenu des êtres dont le lien avec le temps et l'espace s'est rompu, comme si vous n'aviez jamais existé. Il en est de même pour cet astéroïde. »

Je n'avais pas tout saisi, mais j'étais sûr d'une chose Siz n'a jamais fait mine de plaisanter.

— Siz, que sont devenus mes compagnons ? demandais-je à Dieu, comme une ultime volonté.

« Kira a quitté l'armée, elle lutte activement contre les Précepteurs malgré les risques. Ellie a attendu patiemment le retour de Joseph en vain pendant trois mois, avant de demander l'aide de Kira pour retourner auprès de sa famille au Portugal. Elle accouchera en février 1889 d'Iron Gates, ton fils. Xi et Jet ont retrouvé leur mère en Chine, ils y vivent tous les trois paisiblement. Grâce à l'or volé aux caboclos ils ont construit un restaurant très populaire, ils servent chacun de leurs plats avec de l'opium à l'intérieur pour rendre leurs clients accros. »

Je me sentais soulagé que mes compagnons aillent bien malgré l'extinction imminente. L'astéroïde géant traversa la Terre à toute vitesse, déchirant toutes vies injustement. L'explosion provoqua une lumière aveuglante et réduisit la Terre à néant en un instant.

— Sengo que t'arrive-t-il ? demanda Joseph.
— Je ne sais pas, mais il t'arrive la même chose Joseph.

Nos corps commençaient peu à peu à disparaître, sans douleur, sans sensation, nous étions tout simplement en train de ne plus exister.

« Les humains ont inventé les noms et les mots, j'ai à mon tour décidé de donner un nom à mes jeux. Je les ai nommés les Joyboyz. Il est temps, vous faites partie de cette réalité, vous devez donc disparaitre aussi. Félicitations Sengo et Joseph, vous avez terminé les Joyboyz. »

CHAPITRE 20

Sengo le héros

C'est donc comme ça que mon aventure doit se terminer...

29 septembre 1881,
Domaine de la famille Davidson.

Il fut un temps, un temps où je n'étais rien.

— Avancez ! La nuit va bientôt tomber et c'est déjà l'heure du dîner, je n'ai pas envie que mon repas refroidisse esclaves !

Je suis en train de disparaître, alors pourquoi je pense à tout cela dans mes derniers instants, de manière si immersive ?

— Vous trois la famille de nouveaux, allez rejoindre les autres et tâchez de vous reposer, il y aura beaucoup de travail demain.

Cette voix qui raisonne dans ma tête je la connais, c'est celle de monsieur Davidson.

30 octobre 1881,
Domaine de la famille Davidson.

J'avais 10 ans lorsque monsieur Davidson nous a acheté, moi, ma mère et mon père. Le jour qui suivit mon arrivée, je dormais si bien sur cette vieille paille dans les bras de mes parents. Ce furent d'abord les rayons du Soleil qui me réveillèrent, le vacarme de monsieur Davidson qui appelait à travailler, ne tarda pas à prendre le relais.

— Réveille-toi Sengo ! dit ma mère.

Elle s'appelait Libela, elle était petite de taille et laissait toujours ses cheveux détachés.

— Allez debout Sengo ! insista mon père.

J'ai très peu de souvenirs de lui, ma mère me disait souvent que je lui ressemblais.

En comptant notre petite famille, nous étions à peine une vingtaine d'esclaves à travailler pour monsieur Davidson. D'après l'un de mes confrères il fut un temps où nous étions une quarantaine, mais à force de fuites et d'exécutions, notre nombre c'était réduit.

Le domaine de monsieur Davidson était très grand, il y avait sa maison, un senzala*, une grange, un puits d'eau ainsi que les mines. Il était situé à quelques kilomètres de São Paulo, mais restait éloigné de toute civilisation.

— Aujourd'hui je veux tout le monde à la creuse ! Pas de pause sans résultats, vous êtes ici pour trimer ! dit monsieur Davidson, avec son fusil en main et son fouet à la ceinture.

Nous entrions dans les mines, vieilles pioches en main. Il faisait noir malgré les torches disposées sur les parois. D'heure en heure je creusais avec acharnement, ma vie en dépendait, monsieur Davidson et la plus âgée de ses filles regardaient attentivement qui trainait de la patte. Le voyage d'hier avait épuisé ma mère, et c'était à peine si elle avait eu à boire et à manger depuis le matin.

— Je ne pense pas t'avoir dit de t'arrêter négresse. dit monsieur Davidson.
— J'ai besoin d'une pause, s'il vous plait, juste quelques minutes. répondit ma mère.
— Je vous en prie maître, elle n'a rien mangé depuis presque deux jours. suivit mon père.
— Vous venez d'arriver et vous vous plaignez déjà ? Au travail et dépêchez-vous ! Sinon en plus d'avoir le ventre vide, vous aurez des plaies sur vos dos de singes. répondit monsieur Davidson.

Mon père m'avait donné l'ordre de ne surtout pas m'arrêter de creuser, ce que je fis. Mais j'entendais très bien ce qu'il se passait.

Quelques minutes après, ma mère s'écroula de fatigue, monsieur Davidson prit son fouet pour la battre et mon père s'interposa.

— Qu'est-ce que tu fais ? dit monsieur Davidson.
— Elle ne peut plus continuer vous le voyez bien ! répondit mon père avec sagesse.

— Ce que je veux c'est de la productivité et des résultats pas de la fatigue, vous êtes esclaves oui ou non ? Alors écarte-toi, je ne te le dirai pas deux fois.
— Non, je ne peux pas vous laisser faire ça.

« Obéi il va te tuer ! »

C'était ce que murmuraient mes confrères, je continuais de creuser sans me retourner comme me l'avait ordonné mon père.

— Je ne t'ai pas mis au courant des règles ici. C'est dix coups de fouet pour un refus, quinze coups pour une faute, une jambe coupée pour une tentative de fuite et la mort pour faute grave. dit monsieur Davidson.
— Je refuse de bouger ! répondit mon père, avec la voix tremblotante.
— Bien, quel est ton nom nègre ?
— Maniolo.
— Puisque tu insistes tant Maniolo, tu prendras dix coups de fouet pour refus et dix autres pour ta femme.
— . . .

Je n'avais rien entendu d'autre après à part les cris de douleurs de mon père. Les vingt coups de fouet semblaient en être cinquante tant le moment fût long.

31 octobre 1881,
à proximité du domaine de la famille Davidson.

— Papa où est-ce qu'on va !
— Le plus loin possible d'ici Sengo, aller dépêche-toi ! Libela ça va ?
— C'est moi qui devrais m'inquiéter Maniolo ! Oh mon homme, ton dos. . . répondit ma mère.

Pendant la nuit, nous avions discrètement quitté le senzala* pour fuir les mines. J'étais serein car mes parents m'entouraient, je comptais sur eux, « ils sont adultes, ils savent ce qu'ils font » . . .

— Donc tu as pris vingt coups de fouet pour avertissement et la nuit qui suit, tu prends la fuite avec ta famille ? Au prix que tu m'as coûté s'en est presque du gâchis, mais tu vas servir d'exemple. Ta femme avait faim c'est bien ça ? dit monsieur Davidson.

Notre fuite avait été stoppée par un capitães-do-mato* appelé d'urgence, l'une des filles de monsieur Davidson nous avait aperçus.

Ce que fit ensuite monsieur Davidson était d'une cruauté sans bornes. Il demanda au capitães-do-mato d'exécuter mon père. Mais comme si cela n'était pas assez, il lui demanda ensuite de couper son bras et de le faire braiser.

— Normalement c'est une jambe coupée pour délit de fuite, mais on va faire preuve d'originalité aujourd'hui. Vous avez jusqu'à ce soir pour manger ce bras, ça ne devrait pas trop vous poser de problème non ? On raconte qu'en Afrique la plupart de vos tribus sont cannibales, alors régalez-vous. Sans quoi je t'exécute toi et ton fils, bon appétit.

31 octobre 1884,
Domaine de la famille Davidson, le soir à l'intérieur du senzala*.

— Maman ?
— Oui Sengo.
— Pourquoi tu pries ?
— Aujourd'hui c'est l'anniversaire de la mort de ton père, je prie Dieu pour qu'il lui accorde ma bénédiction là où il est, au paradis.
— Le paradis ? Mais comment être sûr que papa y est ?
— Eh bien. . . Tu poses de bonnes questions à ton âge, c'est Nell qui t'embrouille l'esprit ?
— Non ! Nell m'apprend des tas de choses intéressantes ! Et puis j'ai déjà 13 ans maman !

— Ah mon fils.
— J'ignore pourquoi, mais je sais que c'est possible, je le sens.
— Quoi donc mon fils ?
— Les Hommes ont toujours vénéré des Dieux, sans jamais chercher à avoir de réelles preuves de leurs existences. Moi je ne suis pas comme eux, je vais rencontrer Dieu. Je vais avoir des réponses auxquelles personne n'a jamais eu accès !
— Ah mon fils. Dors, il est tard demain nous devrons aller aux mines.

JOUR 1
13 mai 1888,
Brésil.

— Tu as bien grandi Sengo, regardes comment tu es grand et fort maintenant.
— Et toi tu commences à te faire vieux Nell.
— Ne dis pas de bêtise, tu vas me manquer Sengo.
— Ce n'est qu'un au revoir, je repasserai te rendre visite, je t'en fais la promesse.
— Alors tu vas vraiment le faire Sengo ?
— Oui il est temps pour moi de trouver les réponses à mes questions. Je te promets qu'on se reverra, merci pour tout ce que tu m'as appris.

Nell prit ma main et me glissa quelques pièces discrètement.

— Aller file, tu vas finir par me faire rougir. Fais attention à toi Sengo et ne perds jamais de vue ta voie. Bonne chance !
— Encore merci, merci infiniment.

Fin.

« Explorons une autre réalité à présent, il se passe quelque chose à Londres en l'an 2017... »

LEXIQUE

Cité de la bruine : São Paulo

Quilombo(s) : Terme utilisé pour désigner au Brésil une communauté d'esclave réfugié.

Ndoki : Sorcier

Onēchan (onii-chan, onee-chan, onii-san, onee-san) : Grande sœur (en japonais)

Senzala : Logement destiné aux esclaves.

Sokka : Je vois/Je comprends (en japonais).

Itadakimasu : Bon appétit (en japonais).

Minna : Tout le monde (en japonais).

N'golo : Aussi appelé danse du zèbre, il s'agit d'une danse de combat pratiquée en Angola par des peuples bantous. Cette danse de combat évolua plus tard, pour devenir la capoeira.

Capitães-do-mato : Homme chargé de capturer les esclaves en fuite.

Auteur : Yohan Makaya Kivika

Illustration : Kabu Bitemo

Merci pour la lecture !

Merci pour l'amour !